楚尘

文化

Chu Chen

北京楚尘文化传媒有限公司 出品

少年、胭脂与灵怪

周恺 著

中信出版集团|北京

图书在版编目（CIP）数据

少年、胭脂与灵怪 / 周恺著. -- 北京：中信出版
社，2021.8
ISBN 978-7-5217-3296-2

Ⅰ.①少… Ⅱ.①周… Ⅲ.①短篇小说—小说集—中
国—当代 Ⅳ.①I247.7

中国版本图书馆CIP数据核字(2021)第 129411 号

少年、胭脂与灵怪

著　　者：周恺
出版发行：中信出版集团股份有限公司
　　　　　（北京市朝阳区惠新东街甲4号富盛大厦2座　邮编　100029）
承　印　者：浙江新华数码印务有限公司

开　　本：787mm×1092mm　1/32　　印　　张：6.75　　字　　数：114千字
版　　次：2021年8月第1版　　　　　印　　次：2021年8月第1次印刷
书　　号：ISBN 978-7-5217-3296-2
定　　价：49.00元

目录

半点朱唇

常言道，江山易改，本性难移。街有街的德性，文曲街建学堂，矢志巷设牌坊，哪怕糠市再不卖猪食，也是穷苦人往来。旧时烟市卖鸦片，开窑子，而今鸦片卖不得了，窑子还开着，不光窑子开着，窑子头照旧看恶狗，恶狗照旧咬生人，咬驼背，咬跛子。

烟市上住着两类人，妓女和船夫，后者是东家，这地方离最近的渡口也要走个七八里路，何来船夫？一打听，都是姓吕的人家，早些年，姓吕的人家住在吕家坝，吕家坝修吕家渡，举村迁徙，此处恰有一排乡绅的房子，打倒了乡绅，姓吕的人家成了烟市的新主人，家里的壮劳力仍是大渡河上的船夫，待到八九十年代，船夫的二代正赶上最后一轮接班，窑子也是那年月复来。烟市接着半边街，半边门户，半边沟，故名半边街，烟市的红灯笼传到了半边街，这一来，两条街都干那勾当。步入其中，天南地北的口音萦绕，最多的还是上游沙湾县的女子，沙湾县地势陡，筑电站，占了土地，男人外出打工，女人哪里守得住空房，常常嫖客起劲，女子却嘲讽，我男人可比你结实多了。这等姿色算不得闭月羞花，更挑不出啥子倾城之色，可正是这三流的窑子闹得镇子风风雨雨，茶余饭后乘凉，三三两两毫不忌讳，当着婆娘便谈论起哪个女子的功夫，婆娘却也无可奈何。非要从这三流的窑子中选出一两个门面来，甚而排出个一二三，嫖客嘴里有句顺口，刘字楼的艾，红房子的坏，比不上天池阁的鱼摆摆。这些窑子还都有个正经的名号，每个女子又不用真名，刘字楼打的是客栈，刘字楼的艾，说的是艾吹吹，嫖客把功夫分为吹拉弹唱，这艾吹吹是个下贱的称呼。红房子卖油珠茶，又叫荤茶，取实义，又取其含义，红房子的坏，形容她们玩意儿多。天池阁不见池，说是洗脚搓澡的，由何木匠所开，何木匠刨工发家，而今是社会上的大头目。这两街的窑子也唯有天池阁门面撑得最大，正好处于烟市和半边街拐角，从沟渠上架了座石桥，戏说是忘忧桥。鱼摆摆姓于，叫她鱼摆摆，是说她的屁股最销魂，毋论烟市还是半边街，妓女多已色衰，价格也就低廉，偏偏她鱼摆摆不同，年纪也就二十出头。

老鸨唤她作于丫头，价格也开得最高，如此倒挑起嫖客来，那抠门的老叟自然舍不得，接客门槛高，鱼摆摆也就最干净，所谓干净，无非是有钱嫖客的自我安慰罢了。鱼摆摆真名于鲜花，怕是唯一用真名的女子，可嫖客记不得这俗气的名字。于鲜花的身世远比她的模样传奇，老家在沐川深山里，想来美人还靠山水养，养的是样儿，养的是性子，那性子犹一片逾秋的叶子，在火上煨过，夹进书里，耐成了她的性子，不善言辞，眸子里却满是话儿。她不开口，哪个晓得她的来路。却不想她男人竟找上门，背着背篓，裤脚挽至膝盖，只说于鲜花是他婆娘，买来的婆娘，哪有那么轻易跑脱。于鲜花让他拉扯着过了桥，忽然一个耳光扇了过去，破口开骂。人们才看到于鲜花藏起来的狠。两人的下流话不堪入耳。看客围了过来，瞅见是鱼摆摆，先还是猎奇心理，看到男人要动手，纷纷呵斥，不看看是谁的地盘。男人也不争论，就要拖着于鲜花走。这当儿，何木匠抬了把藤椅过来，往人群中一放，跷起脚杆躺着，霎时静了下来，只听见流水潺潺。男人说，我带我女人回去，回去，哦，回去。何木匠磕了磕烟枪，何木匠不抽烟，却爱把玩这烟枪，不嫌脏，全是旧货。男人松开了手，怔怔地立着。何木匠抄起烟枪猝然敲到了男人天灵盖，一下，又一下，发出铁杵捣蒜的声响，男人像是断了线的木偶，软绵绵躺到了地上。

烟花女子亦有情愁，于鲜花跟四个男人好过。姓谌的是个浪荡游子，声气拐得很，话儿老往鼻子里灌，于鲜花听不懂他讲些啥子，也嗯啊喏地应和。第一眼瞄他，却迎上他深邃的眼神，如幽潭般溺了鱼摆摆。于鲜花从他口里晓得了墨脱门巴人下毒窃美貌，哈尔滨满大街是俄罗斯姑娘，还向他学了云南人说话的调调，那般新奇的经历，教于鲜花直想缩进他裤兜里，他去哪儿，她就去哪儿。姓谌的临走许诺，内蒙古转来便赎了她，于鲜花买来地图，过了陕西便是宁夏，宁夏北上就到内蒙古，咋就还没来呢，咋就还没来呢。那是好多年前的事了。第二个男人是牙医，因铺子开在半边街，又兼看妇科，他看过各式屁股，尺度拿捏恰巧，练就过眼不过心的功夫，女人们也放心让他瞧，哪晓得折在了于鲜花的屁股上。于鲜花好歹还是个风尘之人，按理司空见惯，只是牙医说自己还没讨婆娘这幌子让于鲜花留了心。后来的故事也就落俗，无非牙医得了便宜，却让远来的婆娘逮个正着云云。第三个嘛，算作她单相思吧，还能有谁，自能窥宋玉，何必恨王昌，可惜开窑子的竟超然得很，于鲜花眉目间也勾过他，他却把持得刚好，使她不难堪，更不妄想。吕志异是她的第四个男人。

　　吕志异的父亲是个老学究，读旧书，否则怎会取出个不伦不类的名字，吕志毅或者吕志义不好么，志即记述，异乃异事，有《聊斋志异》，专讲怪力乱神。《说文》曰：名，自命也。按那老学究的说法，刘邦善治邦，孙权好权术，你吕志异注定长一张白嘴。志异小说又多以男女之事为载，末尾牵强出惩戒报复轮回，他不枉此意，何况又在烟市，且不说自有此心，便是那五戒的和尚于此也难免生出淫念来。

　　吕志异被狗结实地咬了一口，这还真要替他申冤，那一口在祖训之外，源于他无聊的挑衅，他下了墙，见恶狗追上来，弯腰拾起一块石头，说，来嘛，打死你狗日的。恶狗遇上恶人，后者更胜一筹，恶狗作罢，拖着尾巴灰溜溜往回走，吕志异扔了石头，道了句，哪天把你炖了吃了。返身便是一口。吕志异被咬后，找到的是看妇科的牙医，牙医见牙印辨出是哪家的狗，吕志异嘶嘶地喊痛，又嚷着要去寻仇。此时，于鲜花叩响了门，头发缠作一绺搭在肩上，落阳偏西，阳光照在脸上，明暗刻出轮廓，双肩微耸，乳房随呼吸抬放。牙医告诉他，这是于鲜花，就是那个鱼摆摆。吕志异说，插你这坨牛粪上？

　　那天夜里，吕志异又一次见到了鱼摆摆，这次是她带着阿蛮寻到了门口，见到阿蛮，吕志异晓得为起啥子事，故作疑惑，我可出不起上门的钱。于鲜花冷声问，你为啥子去找牙医？吕志异答，遭狗咬了。于鲜花问，为啥子遭狗咬了？吕志异答，去问狗。于鲜花问阿蛮，你硬是听见狗咬？阿蛮说，我看见那人翻出墙，听见狗唤了两声，然后就是一个男人的惨叫，你叫两声，叫两声我就听得出是不是你。吕志异狡辩着。阿蛮笑出了声，于鲜花不好再纠缠，留下一句，你该晓得何木匠的手狠。

　　谁都不敢栽到何木匠手上，又在望着某人翻船，那是沥青上印着的赤脚，每户女儿墙脚都有这么个印子，即便没有，也在夜里提心吊胆，散步时碰头，谈自家又掉了些啥子，令人羡慕的是晃见影子的人，有说个儿高，有说个儿矮，也有编个谎来吹牛，他赤着身子，提着刀子，哪个敢喊捉贼。却不想，若是赤着身子，别着刀，如何翻下那高高的女儿墙。

　　川中兴巷子、院落，巷子户户相连，院落四户相对，其间穿行，即便雨季也不湿鞋，只在堂屋泡壶茶，便可跟对门和气地侃侃而谈，所言不及古不论今，嚼了又嚼的话，竟还能引得亦笑亦愤，说糊涂也罢，福气也罢，他们自得其中。不谈经史苍生，偶尔也还有一些新事。而今巷子里的吕姓人家又有新话题，牙医他婆娘回来了，回来了不稀奇，稀奇的是回来没几天，那女人就闹到要吃农药，都满以为是因为又撞见了牙医跟鱼摆摆的邂逅事，传得有模有样，说他婆娘在门口听见呻吟，撞进去，牙医一跟斗跌到地上，口吐白沫。这便是他们言语里的刻薄。这刻薄起于猜忌，又止于忌惮，当那些看闹热的人回来，摆出牙医婆娘觅死的真正原因后，方才嬉笑的人些尽都住了嘴，再默默地回屋去，检查自家女儿墙底下是不是又多了个脚印子。

牙医婆娘的那些首饰，那些使下岗了断钱买的首饰，正藏在于鲜花枕头底下，耳闻牙医婆娘觅死，心头悬着，却也不归还回去，也不澄清，毕竟他人不知内情，枕着如何也睡不着，非不安，也谈不上痛快，只忖度那暗君子的动机。这等女子，该是逢场作戏的好手，婊子无情嘛，愈轻浮，愈高贵，哪见几个男儿真真入了她的心。这床睡过镇子上大小人物，留得住谁，记得住谁，流沙般，空空如也。而今竟为枕头下的借花献佛或盗花献佛，撩得蠢动，辗转不眠。暗君子是哪个？盗来的东西，也为于鲜花盗来了几丝春心，量是暗君子亦在辗转哟。暗君子是哪个？未必是……？要去找他么？于鲜花的脚气重，无人时喜欢赤脚踏在地上，赤脚走着走着，便想到，沥青上印着的不正是这双赤脚吗？可别撞见那些个零碎嘴了，撞见了，可就千张嘴都说不清了。

再是繁华的烟市半边街也有萧条的光景，这时候出来散步纯是自寻凄凉，尤其见着朱门上小娃娃刻着的身高记号，小娃娃他妈怀他的时候，朱门可还是干干净净的嘞。夜不能寐的老太婆坐在竹椅上，斜睨着她，也不知是谁吓着了谁。这么晚出来寻啥子？能寻啥子，寻人呗。老太婆见得多了，寻不归屋的男人么？他在那楼上逍遥咧。说得于鲜花偷偷抹泪，真寻得着就好喽。于鲜花是个有心的女人，巷子里哪一户男人她不清楚，眼前是吕光明的院子，光明个狗屁，塞钱讨官，作威作福。下一户是陈包子，陈包子是生意人的料，瘟猪肉还做得香喷喷，就是身上不好闻，一股叉烧味。最令人捧腹的还属吕衡，裤子一脱，硬币哗啦啦撒了一地，怕老婆的男人。她忽然觉得自己像是他们肚里的蛔虫，要能把这些事说给哪个听才好耍，是啊，能摆给哪个听？阿蛮也疏远了，见着自己总闪闪躲躲，话也讲不到几句，就找借口离开。伤感间，却走到了吕志异的门前，于鲜花顿在了那儿，一跺脚，好你个吕志异。那话是说给吕志异听的？若是留在四合院的门前，吕志异来日开门听得着可就好。吕三娃家的阁窗吱呀一响，一双绿亮的眼珠子透出来，猫儿的眼睛夜明珠子似的，吓得于鲜花退步，恰好碰着了木门，吭一响，要是被捉个正着，如何也洗不清喽。念头引得于鲜花回去的路上暗自发笑，究竟还是怕闲言，逃不脱是个张妈李姐的角色。亏于鲜花还自知，世上哪儿有啥子清高，无非自命清高，那是自讨苦吃的活法，都是骨肉做的，娘胎生的，吃得进饭，塞得进鸡巴，就是好命。这是阿蛮的说法，阿蛮就是这么个活法。于鲜花摸黑上楼，正听见她下楼，脚步好生欢快，擦肩而过，还厚着脸皮喊，于姐早，呀，咋个不穿鞋就出门了。要作死哦，早晚都颠倒了。那楼上一阵子咳嗽，准是何木匠，阿蛮个不要命的婊子，想必他也是不要命了，让那无底洞吸枯老朽的身子骨吧。

　　过气戏子是烟市上的晨钟，过气说的是她的年纪，她何曾有过气候，藏了十年的嗓子，真到用得着时，却再也拿不准调调了。她叫吕吟舞，人们却叫她吕鹦鹉，非百灵喜鹊，乃学舌的鹦鹉，唯有傻儿是个实在票友，问她，啥子时候登台，她必答，怕明天就要登台了，一个怕字，成了她精神的底线。青衣吊嗓，把咦字提着螺旋升至头顶，那一声，为睡眼惺忪的烟市开了眠，自那一声起，老头儿便端着痰盂倒进河沟，污物还未流远，二楼又吊下个木桶，晃荡着吊上半桶水，光景似戏子的气息般悠长。阿蛮的哭声戳破了晨曦的雾霭，戏子看着她撞进了自家的院子，那咦字挂在空中，傻儿不知该不该鼓掌。阿蛮哭，三哥，快开门呀。戏子仿佛坐在台下，看着别人坐念唱打。吕三哪能像他婆娘一样疯癫，睡梦中听见嘶哭，已猜出了几分，半是恼怒，半是惊异。戏子还在思索三哥喊的可是自己的男人？何木匠的婆娘已在簇拥下冲进了荒草丛生的院子，庭院深处是阶沿，阿蛮跪在那里，头靠门上，等着三哥开门。戏子真是激动，清了清嗓。何木匠的婆娘一个步子跃到了阿蛮身后，阿蛮无力地用额头磕着木门。日你娘哎。何木匠的婆娘拾了块木板，脆生生地打在阿蛮的脸蛋上。

"包龙图打坐在开封府，尊一声驸马爷细听端的。曾记得端午日朝贺天子，我与你在朝房曾把话提，说起了招赘事你神色不定，我料你在原郡定有前妻。到如今她母子前来寻你，为什么不相认反把她欺？我劝你认香莲是正理，祸到了临头悔不及。"

阿蛮名叫什么？那是个拗口又长的彝名，晓得她从黑竹沟来，便叫她蛮子，蛮子是要在腰间别刀的，熊皮的柄和鞘，女子的刀从父辈继来，刀背有缺口，缺口即是战功，都是听来的，没人见过刀锋，若是见了，要么娶，要么见血。阿蛮的体格倒不像是个蛮子，与镇子上的女人一样，只是手掌多出一层厚厚的茧，捏紧了拳头便把那受过的苦藏了起来，抚过男人的背，让他汗毛倒竖，竟比男人的手还糙。于鲜花第一次牵着这双手时，把头偎到了阿蛮的肩膀，让阿蛮觉得有些不自在。于鲜花挣的要比阿蛮多，钱来得不干净，毋需视若粪土，它自是粪土，花出去如流水，阿蛮的上下行头，哪一件不是于鲜花置的，那么一打扮，姿色增了不少。阿蛮非薄情寡义之人，心中有把算盘，那珠子暗暗地记着。那一日，屠夫醉了酒，点名只要鱼摆摆服侍，鱼摆摆自来讨厌两类人，醉鬼和屠夫，这可倒好，凑齐了找上门，酒过三巡，见人迷糊，说话颠倒，阿蛮扶着他，只言，鱼摆摆，我就是鱼摆摆。屠夫掐了她一把，鱼摆摆，鱼摆摆，讨人欢喜，讨人爱。阿蛮后来告诉于鲜花，哪里受了什么罪，那屠夫倒床就呼噜呼噜了。见她嬉笑作谈，于鲜花握着那双老茧手，要男人做啥子，世上就你对我最好了。

于鲜花立在院子里听着楼上，黄桷兰的闷香沁进皮肤，树影婆娑，人些都随着何木匠他婆娘追了出去，静得能听到猫儿嚓嚓嚓的步子，随后一声叹息，不知那叹息是木楼的还是花草树儿的，火柴划着了，嘴巴吧嗒一口，呛着了，又划着一根，便把烟斗重重地摔到地上。于鲜花像是站在楼上亲眼见着了她那副可怜相。阿蛮让何木匠他婆娘扯着头发回来，像只牲口一样，当院子的门扣拢，阿蛮跌到地上，眼睛里蹦出怨恨注视着一切，包括于鲜花，于鲜花只能一次又一次迎上那眼光的拷间，无动于衷。猫儿被拧着下来，它全然不晓得这场凌弱暴寡的争斗，却被安排做了重要角色，当它钻入阿蛮的裤裆，或许仍以为是主人找的一场乐子。可不就是一场乐子吗？于鲜花瞥见楼上紧闭的窗子，连一丝缝儿都没有啊。几个女人摁住阿蛮挣扎的手，笑容间刻着于鲜花熟悉的皱纹，这样的皱纹正慢慢爬上她的脸庞，阿蛮向她求救，她装作听不见，哪能听不见呢？盛夏，泥土里蒸出各种气味。

吕志异不合时宜地找上了门，何木匠他婆娘隔着门回了句，不接客。吕志异说，我不是客，喊声鱼摆摆，她答应，答应一声我就走。何木匠他婆娘怒气未消，狗日的，人老珠黄，毬没名堂，撒泡尿照照你的样儿。吕志异的声音渐远，想是走着说道，鱼摆摆心头的结可解开了？还果真是这挨千刀的吕志异。

吕志异生来有个缺陷，指头儿短人一截，老人都说是粗人命，那老人的话而今却成了谬论。一来粗人干苦力活儿，吕志异何曾有过一天的苦日子；二来粗人脑笨手笨，吕志异显然不符。指头儿短自然有诸多不便，拿筷子需要一把抓，那无非是习惯上与常人不同罢了，假以练习，可比正常人还灵活，而正常人又何故去练习手上功夫呢？吕志异便是四川话所讲，三只手。第三只手在哪里，一般人哪捉得住，但贼有贼性，其实不必捉住他，俗话说贼眉鼠眼，再是老练的三只手也藏不了那双眼睛，不过未捉住现成，哪个又好意思撕破那张脸呢，暗里明里防着些便是了，那一防却还防出憎恶来，喜怒都写在脸上，在吕志异这里，却成了一张张尖酸的嘴脸，该遭，该偷，到底又是不是吕志异找出的借口呢，哪个晓得哟。

于鲜花回到房间里，伸进柜子里摸了摸包裹好的首饰，方才吕志异说，心头的结可解开了？他图的到底是啥子哟？

午后蝉鸣似泼墨走笔，那知了知了间的留白，让人顿感空虚。阿丁从沟里打上两桶水，洒到院子里，地上刺啦刺啦地响。于鲜花叫过来阿丁，凑到他耳边问，阿蛮让人逮到哪里去了？阿丁是个哑巴，拿嘴努了努杂屋。何木匠他婆娘与姐妹们闹了一早，困觉去了，于鲜花走到街上，买两根冰棍，走着走着，心里如擂鼓般慌张，这是在怵啥子呢？走至桥上，竟把冰棍又扔到沟里，然后踮着步子，悄声往杂屋去。杂屋里传出呜咽，于鲜花的泪花儿也溢了出来，她猫着腰杆，走近些，再走近些，阿蛮在磨着她的刀子。

疯了，疯了，阿蛮真是疯了。

歇了晌，于鲜花躺在床上，霍霍磨刀声就在耳畔悬着。大热天，她却感觉有些凉，缩作一团。先是知了声渐远，后来起了大风，吹进她的耳蜗，像在窑洞里般打旋旋，后来开始飘雪，肌肤上的细汗结了冰，心窝子被一把剪子铰着，吹进耳蜗的风灌进鼻窦，撑着印堂，脑子一阵阵地炸开。

　　再后来，她做梦，不外乎吕志异被人捆起来游街，阿蛮的刀子深深地捅进何木匠婆娘的肚皮。

落日红

大狼（三）

大狼是条狗，一条怀孕的狗。在宋珊的葬礼上，它用一泡尿冲走了这个春天。宋珊的母亲抄起一根棍子，向大狼戳来，它窜来窜去，叼下招魂幡，一头扎进果园，有人呼喊着："跑树上去了，跑树上去了。"在树上，它看到棺材里的木偶、惊骇的人群、疯长的野草。狗的主人说："它咋个爬得上树呢？"他们拿着绳子、棍子、渔网和骨头冲进了果园，在树下找到被撕碎的幡，宋珊的母亲一屁股坐到地上，吼道："都拿给你们整臊了。"

木偶（一）

　　他们请来船夫在大渡河上打捞了三天，船夫说，从来没见过这么多鱼，像是争着往渔网里钻。第四天，宋正奎用这些鱼招待参加葬礼的亲戚，他们都知道，这是一场没有尸体的葬礼。"咋个会没的尸体呢？"贡礼官喊，时辰到。宋正奎和他的三个兄弟抬着一具木偶放到了棺材里，宾客们伸长脖子去瞧，叹道："不愧是巧手木匠。"

贼

　　"太荒唐了。"这句话，宋正奎的女人说了两次。那口棺材本来是替宋正奎的母亲打的，可是她总能把微弱的呼吸拴在鼻口。听到宋珊溺水的消息时，宋正奎的女人就想到了这口棺材，哪晓得，他们请来的船夫只捞到一筐又一筐的鱼，盯着空空的棺材，宋正奎的女人一阵阵发怵。那天晚上，她听到了宋正奎刨木头的声音。葬礼上，她恨不得自己躺到棺材里，直到宋正奎和他的兄弟抬出那具木偶，她才放下心。可是那只该死的狗叼走了招魂幡，他们从果园出来后，棺材里的木偶被偷走了。

手艺

可惜了一只楠木船，他改成了一口棺材，谁还会这套手艺呢？多少人舒服地躺在他打的棺材里。那个年关走了好几个老人，母亲却挨了过来，寺庙送来的红布头又退了回去，仙孃说，是他母亲偷了他们的寿。他把最后一块棺木楔上，他让母亲躺进去试试，母亲骂他忤逆不孝。母亲撒下一根树枝，说："等它长成一株树，我才躺进去。"他每天醒来第一件事，就是去摸母亲的呼吸，他担心母亲把自己的寿也偷走了。母亲让他扶她到门口坐着，她要亲眼瞧着那株树生长。

垂死的老妪

有那么一刻时候，她真以为时候到了，有人拿着叉子在揭她的天灵盖，大狼绕着她的木椅子转，汪汪吠叫，她说："大狼莫催。"她一想到要困到那口棺材里过冬，就浑身发颤，尽管宋正奎在下面垫了一层又一层褥子，她还是怕冷。四十多年前，她怀着宋正奎，坐在木船里，不知道要停靠到哪里，水雾就像是打湿的丝绸把她包裹住，另外几个孩子叽叽喳喳嬉戏，她告诉宋正奎的父亲，要赶紧找个接生婆，宋正奎父亲手里的篙竿打着水，天黑了，她被抬下船的时候，她就快被冻死了。大狼汪汪地叫，冬子光着脚板跑过来。"冬子，你跑啥子跑，急到投胎么？"

木船

初到此地的几年，他曾尝试着改变口音，但当他们一次又一次地陷入饥饿时，他想起了遥远而贫瘠的故土，口音也如胎记一样，揭也揭不掉，只有在酗酒之后，他似乎才能与当地人交流，其实也是在自说自话。儿子宋正奎四岁才学话，儿子骂他"癫壳子"，他暴跳如雷，用麻绳勒住宋正奎的脖子，状况越来越糟糕，他的妻子和另外几个儿子也开始操一口当地方言。他把船起上岸，用干谷草和薄膜铺在上面。宋正奎记得，父亲把篙竿砍成几截后，说了一句："安哒啰宝哎。"宋正奎至今不明白父亲的话是什么意思。

死亡（一）

廻龙庙的庙会上，描佛像的章顺发勾完眉，掏出刻刀，刺向舞龙灯的人，龙王爷被章顺发撵得团团转，梆锣鼓钹仍在敲打，这出闹剧以龙头李朝仁的毙命告终。刻刀连刀把刺进了李朝仁的胸口，章顺发仰身一倒，口中念念有词。他被赶来的警察抓获，又因疯病保释，他生命的最后一个晚上是在医院的病床上度过的，他一个劲地央求妻子，替他加盖棉被。

死亡（二）

章金枝说她活腻了，这个有洁癖的女人活腻了，她那独身的儿子听到，吭吭地笑。她想尽一切办法，要让自己死后有一副安详的面孔。不能吊死，她料想到，一具长舌尸体会成为村庄永恒的噩梦；也不能投河，几天后，她将浮肿成一只皮筏；更不能坠崖，她爱惜肢体如同鸟爱惜羽毛。他儿子挖了坑，把她给活埋了，儿子铲上最后一抔土，她从土隙间瞄见了儿子的那只狗眼。多年前的一场狩猎，她的丈夫要捕捉一只受伤的山猫，儿子用身体护着山猫，丈夫一怒之下，往他脸上开了一枪。

死亡（二）补记：复仇

一只狗眼镶入他的眼眶，从此他用一只人眼一只狗眼打量四周。哪个肯嫁给他呢？他把木柴的年轮当成他父亲额上的皱子，斧子砍上去，木屑四溅。他父亲去世后，他母亲开始为相一个儿媳而奔走，那个至死都没能改掉洁癖的女人没有想到，儿子暗暗发誓，要狠狠地折磨她。他蜷缩在母亲的被窝里，就像当年父亲的狗蹲守猎物。他的母亲换上衣裳，趿着拖鞋进到卧房，解下长发。他嗅到了猎物的体味，哆嗦着伸出舌头。他母亲见到蚊帐在晃动，她拨开蚊帐，掀起被子，儿子赤条条缩在那儿，屙了一床的屎尿。直到她一生的最后一刻，从土隙间看到儿子，她才明白，儿子像条狗。

死亡（三）

宋正奎的父亲跌进了引水渠，沟渠里没有水，赶鸭子的人路过，问了他几句话，酒精麻醉了他的大脑，他看着落日一点点炸开。宋正奎的母亲领着四个儿子走来，宋正奎用手插进父亲的胳肢窝，将他拖到了岸上。自那以后，宋正奎的父亲便倒了床，宋正奎记得，有几次，他父亲别扭地告诉他："奎儿，木船留给你娘老子。"那声调既不像乡音，也不像本地方言。

耻辱

长腿被剜去一只眼，它的主人知道，是章金枝的男人剜走的，他把长腿拉到章金枝的屋门口，要把它卖给他们。章金枝锁住大门，说："我们才不养狗嘞。"长腿的主人把它拴在桩子上，章金枝的男人吼："呔，瞎狗，牵起滚。"门缝里支出枪口，长腿的主人撒腿就逃。过了许久，一个男孩走出来，长腿瞪着他的眼睛，用它的独眼瞪着他的眼睛。两个月后，杂色的幼崽从长腿的肚子里掉了出来，人们说，要是长腿没瞎，才不会让一只土狗爬上它的身子。这个村庄再也没有纯种的猎犬了。

死讯（一）

冬子爬上岸，往大狼的屁股上抽了一巴掌，大狼追命似的跑。冬子躲到芦苇丛，换下湿漉漉的窑裤，搭在肩上，穿上的确良的裤子，尾随大狼向宋珊家跑去，在他耳畔，仍有水泡咕噜噜响，那双攥着他脚踝的手，仍坠着他，他张大嘴巴，沿路吼："宋珊溺水了，宋珊溺水了。"

死讯（二）

冬子站在宋正奎母亲的椅子前，两手拄着膝盖，他的嘴皮子在翻动，宋正奎的母亲有种似曾相识的感觉。宋正奎父亲去世那个夏天，他也像冬子这样翻动嘴皮，发出奇怪的声音，没有人能明白他说的是什么。宋正奎的母亲说："夏天又来了。"她看到冬子黑黝黝的皮肤，看到大狼杂色的毛和健硕的后腿，看到幼枝在风中颤颤巍巍，她渴望拥有一种神秘的力量，将这些生命都摧毁掉。

死讯（二）补记：听不清的话

"她咋个会跳下去呢？她坐在白鹅石上，直愣愣盯着河水。这时候该回家了，我该回去了，我喊她名字，说，我要回去了。我不晓得她在那里坐着，要是晓得，我就不得引大狼去河堤。这事情跟我没的关系，我不晓得她在那里坐着。她朝我招手，我满以为，她有啥子话要跟我讲。我走过去，还没走拢，她站起来，她在笑，我以为她是在嘲笑我，嘲笑我走路的样子。她咋个会跳下去呢？她转身像只蝴蝶儿飞了下去。"

死讯（三）

热腾腾的风压着竹子，压弯了它的腰，它瞅见黑黝黝的冬子和杂毛的大狼，瞅见宋正奎的女人把耳朵凑到冬子的嘴边，她跺脚，笋儿虫呜嘟嘟扇翅膀，竹壳子脱落往下掉，那个坐着的阴险的老太，眯眼在笑。

他的话

他们都走了。她终于可以打个盹，她的一双手相互摩挲着：摸到厚厚的老茧，埋得最深的是她第一次割谷草留下的，那是她和宋正奎的父亲成亲的第二天，宋正奎的父亲让她到田埂坐着，她不听，男人的活路她也能做，地里戳着她的一对对小脚印；摸到伤疤，她和宋正奎的父亲搭乌篷，竹签插进手掌，她把血抹在肚子上，那一团血印浸了宋正奎的额头；摸到掌纹，拇指在掌纹上走动，她笑了，她又听到宋正奎的父亲喃喃呓语，她睡在他枕边，他牵她的手，贴他的嘴皮子，他说，等他走了，她就能在手掌里找他说过的话。

定海神针和乾坤圈

他无力地躺到床上，仅有的一个衣柜向他倾斜过来，墙壁变得歪歪扭扭，他感到口渴难耐，他希望赶紧睡着，让梦如浪涛一样去覆盖这场惨剧。可是他每次闭上眼睛，就沉到了水底，泥沙裹挟着他。他睁开眼，一会儿见到孙悟空的定海神针，一会儿见到哪吒的乾坤圈。

打捞（一）

从哪里游来了这么多鱼？尾鳍拍打着船舷，船夫说："踩着鱼都能渡河。"撒网下去，渔船被拽着在河心打转。宋正奎看着船舱垒起一座鱼山，两岸的人阵阵欢呼，感叹他们撞了大运。宋正奎后悔将楠木船改成了一口棺材，他与船夫争执，毕竟是他花钱让他们出船的，而这些鱼，理应归他。

鱼骨头

要把鱼骨头一根根剔下来，对于她来说实在是件困难的事，她的最后一颗牙齿在五年前被一颗汤圆粘着吞到了肚里，她懊恼地盯着别人尝着鲜嫩的鱼肉的滋味，她又开始了诅咒。那个镶着狗眼的男人也来了，他的母亲音讯全无，他竟能安坐在这里享受美餐，还有章顺发和李朝仁的女人，她俩坐一堆，像一对姐妹无话不谈，大狼和冬子也来了，冬子站在路口，没有人理他，大狼眼巴巴望着桌上的筷子，她夹起一整块鱼肉，扔给大狼。她突然想起，那个女人几个月前，还向她打听怎么才能死得干净些，她说投河，那个女人失落地说，使不得，鱼虾厉害得很。

打捞（二）

着火了，水面上着火了，宋正奎的女人在欢呼的人群中，细声说。船靠岸，几个船夫和宋正奎满身鱼鳞地归来，他们将鱼丢进备好的筐中。宋正奎的女人从一只船走到另一只船，这些窝囊的船夫恐怕一辈子也没见过这么多鱼吧，有人搬起石头，朝河里砸去，她呵斥那个人，她的女儿还没捞起来呢。

打捞（三）

河水变得汹涌，船夫费尽全力才把船撑回岸边，就连宋正奎也不知道，自己这三天究竟是在捕鱼还是在找宋珊的尸体？那些鱼是否在掩护着宋珊？他们赶不上了，他们赶不上河水的流淌和宋珊的脚步。天边一声惊雷，快下雨了，船夫问，明天还出船吗？宋正奎想，那将是一场热闹的葬礼，父亲去世时，只有他们几兄弟和母亲为他送行，这个异乡人的沉默在他死后数年仍笼罩着这个家庭，而现在，谁不会垂涎美味的鱼肉？那将是一场热闹的葬礼。

葬礼前（一）

宋正奎找出宋珊穿过的衣裳和裙子，量好棺材的尺寸，翻出制家具的边角料和点缀家具的油彩，那些油彩凝在一起，他需要用火将其烤化。他的木匠活路使他们度过了粮荒，他拿出刨子要为宋珊再造一副骨骼时，他的记忆回到了三十多年前，他为生产队守山，他穿梭在树林间，幻想成为山的主宰，用一把斧子和柴刀雕刻出各路神灵，栩栩如生又若隐若现，樵夫再也不敢走入这片山林，二十年后铁路勘察工程师发现了它们，文物研究员一批批进去，却失望而归。陈旧的刨刀划过木头，在春夏之交的夜晚，好似宋正奎业以枯萎的生殖器焕发出生机。

葬礼前（二）

她的关节长满了青苔，每逢下雨她就会有这样的感受，手掌捂到胸口，触摸到心脏的跳动，让她有一种难以言说的感动。猫在瓦片上走动，雨停了？她穿上棉袄，耳房亮着灯，她的脚步放得又轻又缓，那个女人又在无休止地哭，哭，哭，只晓得哭，越哭越短命。棺盖被启开了，里面垫了一层又一层的棉絮，还有什么是比棉絮更珍贵的陪葬品呢？大地微微摇晃，这个垂死老妪竟冒了一句乡音。

葬礼前（三）

宋正奎的女人难以抑制地蒙在被窝里哭，她为早夭的宋珊而哭，也为自己的遭遇而哭。嫁入宋家，她度过的最舒畅的一段时光是怀胎的那十个月，自打宋珊出生，宋正奎的母亲没有一天不咒骂她，用最歹毒的词语骂她是娼妇、扫把星，宋正奎的一双巧手都让她给废了。她怀念宋正奎追求她的时候，宋正奎带她到山林里，每一棵树都刻着情话，起风时，树林齐声诵读。她决定嫁给宋正奎那天，她被父亲逐出家门，她的肚子在腰带的紧勒下，层层叠叠地突出来。婚后，宋正奎替供销社打制了一张结实的货柜，宋正奎的母亲逢场就挎一只空篮子赶集，回来时，篮子上盖一张花布，花布下面是鸡蛋和大米。当宋正奎的母亲掰开婴儿的双腿，瞅见一条细长的裂缝后，指着她，要她把吃下去的米和蛋都吐出来。雨住了，她听到宋正奎刨木头的声音，"太荒唐了。"

葬礼前（四）

听说宋正奎不再打捞，没有尸体怎么举行葬礼？雨住后，镶着狗眼的男人爬上梯子，去瞅屋顶的漏洞，夏日就要来临，不久后，人们会忘掉他失踪的母亲，他撞倒了铁锹，吓得他一震，他听到泥土簌簌地滑动，他想，天老爷，我可是个孝子，我完成了母亲最后的心愿。

葬礼前（五）

冬子把脑袋伸进人堆，两个道士相对而坐，棋盘上的棋子所剩无几，又是一盘残局，棋盘正上方挂一张匾，上书：红事白事。铺子内贴有对联，放着花圈和吹拉乐器，第一副对联是：花为春寒泣，鸟因肠断哀。年长的道士错了一步，落子后要撤回去，年轻的道士把棋子一推，亮闪划过，雷声滚滚，观棋人走了几个，仍有一些人为老道士的错子惋惜。过了一刻钟，雨点打得棋盘啪啪响，他们在等某个人某件事。有人问："大渡河的鱼群兆示啥子天象？"老道士的故事多如牛毛，冬子竖起了耳朵。"鱼也想上岸，过过人的日子。"老道士讲的是"归安鱼怪"。冬子想，老道士犯糊涂，鱼上岸，明日就让厨子给剁了。雨越下越大，他们等的人来了，那人说："不捞了。"年轻道士收拾棋盘，老道士扯直了嗓子喊："迎客。"

子不语·归安鱼怪

俗传：张天师不过归安县。云前朝归安知县某，到任半年，与妻同宿，夜半闻撞门声，知县起视之。少顷，登床谓妻曰："风扫门耳，无他异也。"其妻认为己夫，仍与同卧，而时觉其体有腥气，疑而未言。然自此归安大治，狱讼之事，判若神明。

数年后，张天师过归安，知县不敢迎谒。天师曰："此县有妖气。"令人召知县妻，问曰："尔记某年月日夜有撞门之事乎？"曰："有之。"曰："现在之夫，非尔夫也，乃黑鱼精也。尔之前夫已于撞门时为所食矣。"妻大骇，即求天师报仇。

天师登坛作法，得大黑鱼，长数丈，俯伏坛下。天师曰："尔罪当斩，姑念作令时颇有善政，特免汝死。"乃取大瓮囚鱼，符封其口，埋之大堂，以土筑公案镇之。鱼乞哀，天师曰："待我再过此则释汝。"天师自此不复过归安云。

刺青

父亲逃走的那天，也是春夏之交，也是这样的一场雨。隔着打湿的窗户，他注视着父亲背上的刺青，这一幕将成为他脑海中关于父亲的唯一印象。有一个燥热的午后，父亲在床上午眠，他壮着胆子去触摸它们，用指尖记住了刺青的形状，一堂又一堂无聊的数学课上，他把它们绘到了课本的空白处。当宋珊引他走进那口洞穴，自豪地告诉他，那些用木头雕刻的神灵全是她父亲的杰作时，他真正惊诧的却是洞壁的图案，他的脸贴到了壁画上，悄悄抽泣。

没有地址的信

"冬子（收）"，信封上只有这三个字，每次由不同的女人送来，她们打着浓厚的脂粉。拆开信封，里面都是一摞钱，附一页信笺，信笺上的字迹不同，内容是一些"对不住"的话。冬子用这一摞钱缴纳下学期的学费，剩余的供他生活，他当夜烧掉信笺，保存的唯一一封，是关于父亲被捕的消息，父亲被判十八年，他在那封信笺上添写了日期，装进她留下的妆奁里。

犬牙

因为两颗尖利的犬牙，冬子给它取名叫大狼。执行"驱狗令"的那天上午，镇上所有的流浪犬都涌进了学校，教师暂停授课，学生站到课桌上，警察与狗上演了一出逐狗大戏，绝望而悲凉的狗叫渐渐平息，冬子跳下来，发现一只杂毛犬伏卧在他的课桌下，他脱下校服盖到它身上，并纹丝不动地等着放学，等到所有人离开，他掀开校服，那一对尖利的牙齿让冬子想起了父亲藏在怀里的刀。

怀里的刀（一）

父亲的怀里总是别着一把刀，冬子无法相信它能夺去一个人的性命。命案发生在理发店，理发师解下缠在他头上的毛巾，镜中闪进一个身影，在众人发出惊叫之前，他已经抽出了那把三十厘米长的刀，刀子撕开了那人的头皮、肩膀和后背，而父亲则灵巧地躲开了挥舞上来的刀锋。顾客、理发师和倒在血泊中的仇家都没能看清这把刀子是从哪里变出来的。

面团

"像是面团一样。"在宋珊落水后,这个比喻仍纠缠着冬子,她会不会像面团一样融化了?宋珊被一帮人围堵在校门口,冬子经过时,听到了这句话,围堵她的男孩中,王凯年龄最大,个头最高,他曾因斗殴被学校开除。王凯的头上抹过发胶,手里拿了一束花,那些男孩则是巴结他的喽啰,他们学着电影里的翻译官,哟西哟西地把唾沫喷到宋珊的脸上。

裹小脚

棺材打好后,宋正奎得意地向妻子炫耀。那天傍晚洗脚,他让母亲躺到棺材里试试是否合适,他母亲骂他是逆子。木盆里四双脚各占一个位置,宋珊看到奶奶的脚又小又方正,她问奶奶:"布头裹脚的时候,痛不?"奶奶说:"不痛,热和得很。"奶奶又说了一句:"还要往里头再塞些棉絮。"宋珊也用布头包裹突然隆起的部位,这使她喘不上气,她想,要是能用鳃呼吸就好了。

怀里的刀（二）

当他走向他们时，王凯就溜了，王凯认得他，也听闻过他父亲犯下的案子。他像父亲一样，把刀从怀里抽出来，那颗抹过发胶的脑袋早就不见了，剩下的人像苍蝇一样，一哄而散。数月后，他将和宋珊一起，在庙会上目睹另一记命案，到那时，他才肯相信，刀子能夺去一个人的性命。

窟窿

她说，下面有个窟窿，漏掉了身体里的一半血液。晚上，他也在下体找这个窟窿，河水一样的血液向他扑来，醒来后，亮瓦透下晨曦，他去摸，被单湿了一块，他去瞅，他的血是透明的。有一次，他路过一家饭店，那里在冲洗肥肠，水管里的水哗哗地流到街上，他一怔，然后朝她的村子跑去，他跑到她的家门外，一个老人闭眼坐在椅子上，再次见到她，他问她，你奶奶是不是死了？她说，快死了。

大狼（二）

立春后，大狼在门槛上磨那一对尖牙，在深夜，冬子被大狼上蹿下跳的躁动闹醒。油菜花趁着人们春困的时机，在大地上肆意着彩，冬子的梦成了一张黄色的画布，画布上布满了深深浅浅的牙印。冬子把大狼锁在后院，后院有一堵两米高的围墙、一株枣树。那天放学，他并没有发觉大狼的离开，他用掸子扫除了蜘蛛网，然后烧火做饭，听到有人敲门，那是一个送信的女人，女人问他，咋还养了条狗？他才看到，大狼趴在门口的台阶上。此后，冬子又发现过大狼翻墙出去，他仔细察看了枣树上的爪痕，才晓得，大狼是先爬上树，再跳出墙，所以，他后来问："它咋个爬得上树呢？"那只是他狡黠的计谋。

关于痛

奶奶说："女人要死两次，一次生娃娃，一次入土。"她反复琢磨奶奶的话，到奶奶这个年纪，女人就成了枯柴，劈开也流不出血。冬子从老道士那儿听来个故事，讲给她听，他说："殷十娘怀胎三年六个月，产下一个肉球，托塔天王劈开，蹦出来的就是哪吒。"咋能怀那么久？她扒着指头数，一年三百六十五天，三年一千零九十五天，她捂着肚子蹲下去，冬子问她咋回事，她说，痛。

关于痛 补记：庙会

龙王爷被章顺发撵得团团转，章顺发把刻刀插进了龙头李朝仁的胸口。她缩成一团，手紧紧攥住冬子的袖口，如同有只钩子滑进了她的食道，顺着胃坠到了肚里，勾住肠子再往上拉扯。一盏油灯的工夫，警车和救护车同时到，章顺发被抓走，李朝仁当场就死了。这一记命案，让她确信，宋正奎的棺材白打了，活到奶奶那个年纪，哪里还有血可流？

核桃或刺猬

宋珊跨进冬子的家，她由衷地羡慕和钦佩，她说不上羡慕与钦佩什么。冬子的后背要比看上去的更厚实，他的嗓音像是一撮碎玻璃，他是一颗核桃，也是一只刺猸。宋珊问冬子："家里就你一个人？"冬子带她到后院，在那株枣树下，她见到了大狼，它怀孕的肚子使它看上去过于臃肿，冬子说："这只狗能爬上树。"她告诉冬子，在他们村子里，曾有过一只猎犬，那只猎犬也能爬到树上摘桑葚吃。大狼摇着尾巴站了起来，它盯着她时，让她想起了村庄里的某个人。

关于神秘

蝙蝠倒挂在洞顶，藤蔓攀附在洞壁，刮风起雨的时候，这口洞就会说话，十里外的人都能听清。村庄的人传言，这是一位贵人的崖墓，有侍女武士陪葬，外面战火纷飞，朝代更迭，这里头岁岁依旧歌舞升平。她说："过去的猎人住在这里，他们晓得好几代之前的事，有些话，他们只在洞里头讲，讲给今后的人听，有些话，他们只能在洞里头听，听祖先的歌颂与咒骂。"他点燃竹火筒，那些木刻神灵整齐摆放，他牵起她的手，她说："我俩的影子映到了墙上，几百年后的人都会瞄见。"

地震通知（一）

操场铺满了棕垫和棉絮，学校提前放学。宋珊走到冬子的位子旁，说："王凯又来了。"冬子没有理她，冬子谁也不想理，他只想赶紧回家。街道两旁摆着家具，人们从家里端出刚做好的饭菜，居委会的人还在挨家挨户通知。冬子想，一定会有人叫住他，他的父亲回来了，监狱把犯人都遣送回家了，老师就是这么告诉他的，走到道士的铺子前，他刻意顿住脚步，老道士说："冬子，今晚上挨我睡，莫回屋了。"冬子甩开步子，朝家里奔去，老道士被晾在那里，不知道该说什么。

地震通知（一）补记：衣柜是个避难所

他躲到了衣柜里，街上是通宵达旦的欢笑。父亲就要回来了，监狱把犯人都遣送回家了，父亲在路上，还有一会儿就到了，父亲自己能开门，父亲把钥匙扣在了门外的一片碎瓦下，他没动过那把钥匙，他怕父亲找不到钥匙又走了，他不能睡着，他要看到父亲扯亮屋里的灯，他不能离开，就算地震了也不能。

地震通知（二）

　　宋正奎费了很大力气才把那口棺材搬了出来，空棺材怎么会这么重？他还得搭个棚子，夜里难免会下雨，棺材里装的可都是棉絮呀，他一边搭棚子，一边劝母亲从屋里出来，母亲只用一句话就堵住了他的嘴："死了正顺你们的心。"母亲是怕冷，她一辈子都怕冷，宋正奎只好锯了几根木材，顶住屋子的横梁。宋正奎的几个兄弟也赶来了，他们商议将母亲连人带床地搬出来，母亲也许听到了他们的谈话，她把门的插销给别上，无论他们如何劝说，母亲始终不应声。让宋正奎着急的还有他的闺女，闺女没回来，他打发女人去找。

地震通知（三）

　　她才不肯睡到外面去，这间屋子是他们从地主手里分来的，住进来的那天她就发誓再也不离开。地主爬到墙外的泡桐树上号叫，她就拿竹竿去捅，地主遭逼疯了，逼死了。她记得，宋正奎的父亲买回好酒，她破例喝了两口，他们成了这间屋子的主人，她红扑扑的脸上湿浸浸的。她听到了他们的谈话，几个龟儿子鼓到要把她抬出去，世道乱了，世道颠倒了。

地震通知（四）

她想，地震来了，她的乳房在摇晃，下体像地块一样裂开，岩浆从裂缝中喷涌出来。她想，那裹在报纸里的刀，可让冬子找得满头大汗，冬子莫找了，过了这阵就不疼了。她想，奶奶在笑她，笑她生成了女娃子，活该受这些罪。她想，父亲的那些秘密，那些神灵，只有她一个人知道，那些神灵在摆谈啥子呢？她想，洞穴里的壁画，可不就是人的身影子么。她想，她还没躺在地里看过星星呢，再过一阵子它们就出来了，地震就要来了。

虚惊一场

人们醒来的时候，醉醺醺地看到直挺挺的房屋，酒意还未散去，他们开始把家具往回搬，收拾啤酒瓶。有些人是失望的，他们妄想一夜之后，秩序被打乱；有些人是后悔的，他们在酒后说过的话，兴许会在将来的某次争吵中，被对手当作攻击的把柄。老道士绕着镇子走了一圈，他多想听到某间屋子传出哭号。宋正奎拆下顶着横梁的木材，他的母亲从房间里走出来，如同以往每一个清晨，坐到椅子上，等待黄昏的到来，他的女人在替女儿找一件新衣裳，她的衣裳被推搡的人群扯坏了，她似乎为此沮丧不已。

最后的对话

风对鸟说："我瞧见了你，你却瞧不见我。"水对芦苇说："只有当你枯黄时，你才肯低下头亲吻我。"蝌蚪对螃蟹说："出来吧，别躲藏了。"她说："我要游走了，像祖父一样，游走了。"

下沉

毫无征兆地，她栽到了水里，在她游过的水面，漂浮起一丝红。冬子脱下的确良的裤子，扑通也跳下去，他牵着那条红色的血液，往下潜，在水下，他喊，喊不出声，他去抓，抓到了几片鱼鳞，就在他憋不住气，想浮上去呼吸时，她攥住了他，攥住他的脚踝，像是在山洞里攥住他的胳膊，他极度恐惧地踹了一脚，她说："我要游走了，像祖父一样，游走了。"

大狼（一）

慌乱的人群捧上来，大狼蹦上了树杈。它的那泡尿像一把锉刀，稳稳地切断了春天的尾巴，仿佛就在一瞬间，夏天来了，炽热的太阳收起了面纱，羞答答的野草也无所顾忌了，也是在这一刻，两只幼犬在一株枇杷树上出生了，它们像是枇杷树的一对疙瘩，没有人会留意到它们。

木偶（二）

灵堂里只剩下一个老人，她睡着了，春天结束了，她终于可以安稳地睡一觉。他嗅到一股浓烈的鱼腥味，棺盖与棺木之间，留了一条缝，他通过这条缝，看到宋珊躺在里面，他用一根棍子伸进缝隙，再撬开，老人睁开了眼，问："冷么？"他不知道是否在问他，他把宋珊从棺材里抱了出来，背到背上，走出灵堂，果园里的女人在吼："都拿给你们整臊了。" 招魂幡缺了一角，在风中摆动，宋珊的手硬邦邦地搭在他的肩上，他想，她将和神灵站在一起，与几百年后的猎人交谈。

如她

判我剃度为僧,

便念你若菩提,

于三世十方,若万象。

——缪科邦《如她》

精虫每夜都化作一条大狗,钻入辛小山的梦里,辛小山把手伸进裤衩,他闻到一股腥味,像是泡在水池里隔夜未洗的衣裳。

辛小山的母亲发现过两次。一次,她从辛小山的枕套里掏出一堆纸。另一次,辛小山捂着铺盖,累得喘气,又怕声音太大,便把舌头吊了出来,她揭开被子时,他佝着背,手里死死地捏着。

又不日你。

昨夜下了一场雨,鸟鸣啼破清晨。辛小山母亲用拇指摁死窗户上的飞蛾,听见茅房里传来辛小山撒尿的哗啦啦。

辛小山母亲昨晚上灭了灯久久不睡,耐到辛小山的鼾声撞着四壁,她光着脚丫子进到他的屋,连呼吸都压得低低的,她一手垫到他腰下,一手提起他的内裤,风闯进了屋子,辛小山一颤,喃喃呓语。闪电如虹,辛小山母亲像是见到了辛小山他爹的样子,赶忙退出去,回到自己的房间,食指和无名指撑开肥肉,中指先是摩挲,伸进一个指节,指腹上薄薄一层茧,刚好契合壁上的褶皱,再往里探一节,直到整个食指都吃了进去,也没触到底,一刹缪科邦吟着诗挺了进来,一刹王双全压得她喘不过气,偏偏不敢是辛小山,不敢不敢,辛小山就窜进了她的脑海,辛小山母亲急忙抽出手指,肥肉啪嗒合上了。

一宿未眠,辛小山母亲把死蛾子弹出了窗外,自言自语,又是夏天,下起雨都热死个人。双开的窗户吱呀碰拢,凉风赌气似的还在往里挤。

辛小山抠着后背走出来,二空屋少片瓦,是何二狗揭的,狗日的死了娘,取我们的瓦去烧钣依证。

辛小山母亲说,狗日的咋不揭他三娘的?

辛小山说,昨晚上我听见在漏雨。

辛小山母亲一惊，闹得你彻夜没睡？

辛小山拉闩开门，晒坝深深浅浅的水凼支离地映出云和天，再远些有片竹林，竹叶正闹腾得很。我听着听着就当是乌尤寺里和尚敲打的木鱼。

吃过饭，辛小山母亲丁零当啷刷碗，辛小山还得写半小时作业，待作业写完，胡乱揉进书包里，踩着水，咯吱咯吱走出了晒坝。

往学校走，穿过花红巷，巷里仍有几幢残留的木楼，雨后散发出木头香，楼和楼是相通的，七八岁时的辛小山常常趴在顶上从木板缝往底下瞅，胆子再大些，就敢往下面撒尿吐口水。花红巷尽头有座石板桥，水贴着桥面流，石板上刻有字，辛小山认得末尾的年份，水浅浅地淹着，人缓缓地走着，字就写进了水里。这里是鱼市，嘈杂得最早，鱼贩子吃称，渔夫当然不肯，你夺我抢。辛小山路过这里，脚下一撮，水滑过脚底板，沁骨的凉。

镇上唯一一个清洁工住在这里，无发无眉，一副罗汉相。他问，小辛还是小秦，我认得你，还认得你妈。

辛小山不搭白，走了很远才骂，老不死的杂种。

转过角到了文曲街，到头是学校，武彦家的房子在文曲街左侧，是新盖的两层楼房，楼下开铺子，卖的学习用具。武彦的文具盒最时髦，多层开，还有好些机关，武彦的钢笔写字顺溜，辛小山说写字跟滑冰似的，武彦的作业本隔页写，上一页的字隐约印在第二页的空白上。

辛小山走到这儿，武彦就从小门里出来，每天如此，嘿嘿，又碰到你咯。

辛小山和武彦走在一起，身体里长出些触角，走得近，触角抓得牢。武彦的门牙总是咬着下唇，中间裂开一道缝。辛小山不想她，舞弄鸡巴的时候不想她，却在梦里见到她，先是梦里见到，后来梦里的事逐次发生。

初一的时候，武彦颈项上系着一条花带子，辛小山写纸条过去问，花带子下吊的是什么？武彦说是钥匙。辛小山又问，咋个听不见叮当响？武彦说，凑上来就听得见。

辛小山把花带子解开过，解的不是武彦的，是吕倩的。吕倩两手交叉抱着自己蹲了下去，哭声传到办公室，刘梦维过来，俯下身子给吕倩重新系上，辛小山偷偷瞄着刘梦维俯身露出来的乳房，感觉像爬电杆时蹭得大腿痒痒。

武彦和刘梦维不一样，辛小山说不准哪儿不一样。

武彦的乳房近来也像是陈老七蒸的包子，昨晚上捏的面团，早上开盖就成了热气腾腾的包子。辛小山告诉武彦，你受衬衣穿。扣子和扣子的空当，瞟见文胸。武彦颈项上的花带子没了，花带子勒出的白白的痕还留在颈项上。

刘梦维对他说的，男生和女生像是花红巷和蓑衣巷，要到同一条道，但总归是两条巷。

辛小山好奇，就把问题写在纸上，向武彦借书，再把纸条夹进去。武彦见了书里的纸条，不脸红，倒大胆地直愣愣盯着辛小山的眼睛。

辛小山问，长奶奶是个啥子感受？

武彦答，有点胀，跑起来累。

辛小山问，我的鸡鸡长了毛，你的呢？

武彦答，也长。

武彦嫌纸条传着麻烦，就单拿了个笔记本，牛皮做的壳，辛小山一开始舍不得，武彦写一页空一页，写着写着，这笔记本就偶尔放在辛小山书包里，偶尔放在武彦书包里。缪淼坐他俩中间，常常一个人在那儿笑得咯咯咯，她妈罚她站，她的脸就憋得通红。辛小山猜，缪淼肯定是在偷看牛皮做的笔记本。

一次，武彦传上来一个空本子，第一页被撕过，辛小山不明白，回头使眼色，她不理他。下课男生扎堆摆龙门阵，辛小山忽然想起啥子，手伸进书包里摸，摸到空本子，摸到第二页，摸着摸着，就把头埋进了手臂里，瞥一眼武彦，笑得呛着了自己。

校门口有棵小柏树，齐腰被砍断了，砍得不利落。有回，辛小山在学校头碰到缪科邦，缪科邦问他，守门的说，那树是你崽儿砍的？

辛小山急着说，死全家的砍的。

缪科邦食指戳到了他的鼻子，砍得好。

没了柏树，刘梦维家里敞亮了不少，缪科邦的藤椅抬到了小阳台，吃饱了饭，就捧本书，泡壶茶，晒得狗日的脸通红通红。辛小山看得直跺脚，老子又不是替你砍的。

刘梦维上课时讲故事，说古代有个书生，胆小懦弱，一到夜里就满脑子鬼怪，辗转反侧。巧的是，他夜里不解辫子，翻个身，辫子就啪地拍在地上，他越听越怕，越怕越摇脑袋，啪啪啪，吓死在了床上。这便是心中有鬼，晚上我瞧窗外的柏树，越瞧越像个人，白天见了晓得了，夜里又睡得迷糊，再瞧，连手脚和脑袋都分得清，你说多笑人。

辛小山见了这树桩子，倒觉得可惜，那斧头砍上去，它也不呻唤一声。

武彦推了他肩膀一下，我先上去，省得杂嘴些说七道八。

武彦前脚走，辛小山远远地就看到了王双全，他抱着女儿来查早读。辛小山把腰杆挺得直直的，他想起王双全在身后给他的那一拳，像老子打儿子，他牢牢地记着。挺得再直，走到王双全身旁也矮小了，他跟在后面，一边走，一边教王双全的女儿看斗眼。王双全反抱着女儿，没发现后头跟了个人。等王双全的女儿斗眼看着他，他斜嘴一笑，叫声王老师早，蹦蹦跶跶超了过去。辛小山心里想，能有多恨王双全，再想却只是厌恶他那架树桩子似的眼镜。王双全骂武彦，说，要清楚自己的智商。辛小山差点抢了他一板凳。王双全表扬缪淼，说，跟你妈一样机灵。辛小山琢磨，就是源自这儿吧。

缪科邦就是刘梦维的男人，是个诗人，这辛小山清楚，只是写了些啥子诗，写的诗是啥子意思，辛小山就一知半解。

辛小山听说，刘梦维当知青就认识了缪科邦，两人在皎月下并坐。缪科邦承认，老家讨了媳妇，跟媳妇谈不上话，像见着这样的月亮，缪科邦思考，江畔何人初见月，江月何年初照人。媳妇说，明天又是个艳阳，晒豆子的天。辛小山把缪科邦的话记在了本子上，他问武彦啥子意思？武彦说，不懂。辛小山便暗暗观察缪科邦的举动，他挑眉，他咧嘴，他挠痒只用一根小指，辛小山都学了过来。

这天上课，刘梦维穿的是黑纱裤。辛小山跟踪过她，这是在申裁缝那儿扯的布，料子要的是最好的，刘梦维喜欢宽松些，申裁缝抛着量尺寸。

陈小乐说，她看到过刘梦维的内裤，白色的，大街上卖的地摊货。辛小山骂，你妈才穿地摊货。陈小乐说，哈哈，这杂种喜欢刘梦维。辛小山骂，我喜欢你妈。

辛小山努力地往刘梦维腰下面睃。刘梦维对申裁缝解释，纱透气，夏天凉快。辛小山就想到，那风软绵绵地拂过她那儿。

辛小山之前没看到过刘梦维的内裤，他只看到过刘梦维的文胸带从肩上滑到手臂，他的心脏像是被一只锚勾着往上提，但那次，所有人都看到了，所有人都看到了，事后想起就没意思了。

阳光铺了进来，晃着刘梦维的眼睛，她皱了皱眉头。辛小山的血一下涌上了脑袋，他感到太阳穴附近的血管涨得疼，呼吸也乱了，悸动，痉挛，红的，红的，他看到刘梦维的内裤是红的。

这一幕在今后的很多个夜晚都折磨着辛小山，如蟒，缠住他的心脏，他眼前时常出现瀑布般的阳光，和阳光下内裤的颜色。

满世界都是红的，红的墙，红的地，红的树，红的天，辛小山被吞了进去，挣扎着逃脱，再是臣服，便浸泡在红的海洋里。

刘梦维喊，辛小山，辛小山。

缪淼喊，辛小山。

武彦喊，辛小山。

辛小山才慢慢站起，耷拉着眼皮。

刘梦维说，你来介绍一下作家背景。

辛小山的下巴贴着胸膛，周围间或有耻笑，他感到鼻孔下面湿漉漉，用手一擦，他希望见到一丝血，那就可以找个借口逃出这诡异的氛围。他讨厌这样被人用眼光烧灼，像是每一个歹念都摆在讲桌上。

刘梦维使别扭的椒盐普通话说，孩子，你放学到我办公室来。

辛小山坐下，心里念叨，老子才不是孩子。

辛小山的现实终于此，此后的故事，辛小山执拗地认为是一场意淫，如他夜里搂住虚空。他说一切并不是开始于刘梦维，而是开始于一个下午，他在表哥裤兜里发现的秘密。表哥拉他去玉米地，玉米穗迎风打在他脸上，蚯蚓在翻土，泥香萦绕，辛小山听见草木生长，表哥的裤兜在起伏，他说，来看。辛小山猜一定是只蛤蟆，或者是螃蟹，他只要听从表哥，把手伸进裤兜，就会感到剧痛。表哥说，来看。辛小山见到表哥雪白的牙齿一排排露了出来，风灌进他的齿缝，发出嘶嘶的响声，辛小山吃了海椒才会露出那样的表情。表哥说，来看。辛小山渐渐把头凑了过去，始于此。

　　武彦的话让辛小山吃了一惊，武彦写，我晓得你在看啥子。

　　辛小山回头偷瞄缪淼的表情，与平常无异，才放下心给武彦使了个狠眼色。

　　武彦又递上来一张纸条，你要想看，我给你看。

　　辛小山腾地站起来，脸涨得像颗红樱桃，看你妈。

　　喧闹便凝住了，扔在半空的纸团仿佛也挂在了那儿。武彦细细有些抽泣，这声音倒显得多余。辛小山后悔了，可仍保持那副愤怒的样子，武彦的模样可怜极了，他巴不得说句对不起，他心里想，你武彦若是真能猜得出我的心思，擦干眼泪，我便悄悄向你赔不是。

　　武彦不哭了。

　　这时候，缪淼站了出来，她一手护着武彦，一手指着辛小山，你欺负女生，像条毬。

辛小山打心眼里怕缪淼。辛小山努嘴盯着地面，妄图盯出条缝，好让自己钻进去。他的脚在地上磨啊磨，磨得缪淼不耐烦了，就说，等我妈好好抚恤你。

在辛小山听来，这话外有另一层话，如此想来，便得到些安慰，不过也只有他自己这么理解。

缪淼是唯一一个出现在辛小山性幻想中的同龄女孩，那个晚上，辛小山试过很多人，她们总是僵硬地浮现出来，比如喂奶的章姐姐和不穿胸罩只套背心的方姨，他最后累得瘫睡在床上，几近绝望。

缪淼出现的时候，他甚至听到了她的声音，是骂声或笑声，辛小山要扒掉她的衣服，但他却为她描不上一幅合适的裸体，他尝试用某老师搁在讲台上的乳房安放到缪淼身上，那荒唐极了。辛小山看见了干干净净的缪淼，他牵起缪淼的手，他想该做些什么呢？忽然便喷涌而出，短暂的空白之后，辛小山感到自责和害怕。

王双全走来告诉辛小山，放学后，你去帮到缪淼领新作业本。王双全说完，辛小山只是愣愣地看着他。王双全再重复了一遍，辛小山才答应，哦。

辛小山揣摩王双全的用意，这个人的确是辛小山所接触过最阴险的一个，王双全让辛小山放学后去领作业本，和缪淼一起，辛小山忽然想起刘梦维也让他放学去办公室，他叫住王双全，王老师，我忘了，刘老师也让我放了学找她。

王双全顿了一下，那你就先去找刘老师。

王双全对辛小山的态度似乎是一夜之间转变的。若是在以前，辛小山上课玩自己的，不影响他人便罢了，现在却不行，王双全上课，时常点他的名字，起初只是让他认真听讲，后来也让他回答些问题，他自然是都不懂，竟也开始留意别人的笔记，记些公式，上课认真不消说，下课还会花些心思复习。在辛小山看来，王双全只对私下里在他那儿补课的学生如此，这种伪君子对他这般，莫非是有企图，思来想去，却又想不出他究竟企图啥子。

下午两三点的时光最是难熬，初夏的昆虫羞答答，偶尔咕噜一声。辛小山把头偏到了花盆的阴影上，恰好躲过了刺眼的光芒，黑板刷的是油光的黑漆，上午东边看不清，下午晃着西边，辛小山也懒得抬着板凳换座位，就在桌上摆弄笔和橡皮。

铃声如一把剪子，裁开了无聊的光景。唰啦啦一片收拾书本的声音，辛小山还在那儿呆坐着，他是想找些事来抵触恐惧，如缪淼说的那样，刘梦维会想些什么法子来抔饬他呢？他更加忌惮的是与刘梦维眼光的对视，眼下打扫卫生的同学把水洒到了他的位置上，他夺过盆子，说，我来。水珠溅到地面，迅即均匀地铺开，水汽升腾，薄薄一层地气折射出扭曲的物象。

武彦不走，坐在位子上翻书，那是打发时光的翻法，一页页蝴蝶翅膀似的在眼前拨过。辛小山洒水洒到她那儿就停了，低低地道了声，对不起。像是说给自己肚子听，随即便把盆里的水泼到了地面，要使这声音压过那句道歉。

武彦挑眉看他，那眸子如荷花叶上的露珠，只是淡淡一瞥，便低头一笑，哼着曲离开教室。

缪淼抱了作业本进来，我妈在办公室等你，还在这儿磨蹭。

刘梦维从教导主任的位置退下来，仍坐那单间的办公室，在金钥匙花园对面，这是缪科邦设计的得意之作，把花园修成金钥匙形状，匙柄处为假山假湖，匙齿成了梯步，中间种了树木。

树影盖到了刘梦维办公室门口，那短短的影子，让辛小山不禁想到了那事情，门开着，树影子伸了进去。

辛小山敲了三下门。

刘梦维正埋头读小说，里头点着檀香，她身上平时也是这股气味，辛小山寻遍了镇子上的地摊，就是找不到这种香气。刘梦维说，你看你，说好的，放学后找我，半小时都过去了。

辛小山张口就撒谎，王老师让我和缪淼一起去领作业本。辛小山挪步进去，两手交叉放在小腹，怯怯地站在一旁。

刘梦维说，坐，坐下来谈。

辛小山赶紧摇手，不，不敢。

刘梦维偏着头不语，和蔼地直视着辛小山。

辛小山先是躲开这眼神，随意找个杯子盯着。两人僵在了那儿，辛小山只觉着脸上火辣辣的，难为情地坐到了椅子上。刚一坐下就听见门外窃窃地说，哪有这样的学生。屁股像是被千万只蚂蚁咬，低头只顾抠指甲里的泥。

刘梦维说些什么，他便嗯啊喏地应付，心里头真想抬起头来看她一眼，又怕贼溜溜的眼睛一迎上她的目光就露怯。

刘梦维见谈话进行不下去，叹了一口气，气息弱弱地扑到了辛小山脸上。刘梦维说，你就当我是你的一个朋友。

辛小山说，嗯。

刘梦维说，那你真诚点回答我的问题。

辛小山不答。

刘梦维说，你妈来找过我。

辛小山这才猛地抬起头，眼神散乱地铺在刘梦维脸上，雀斑和皱纹凑到了一堆，只有两片薄薄的唇在翻动，辛小山的唾沫打在喉结上，他发现了几根银发格外扎眼，垂在鬓角。

刘梦维问，谈恋爱了？

辛小山使劲摇脑袋。

刘梦维问，和武彦？

辛小山显得有些慌张，哪个说的哟。

刘梦维不再往下问，又说，你要真诚回答我的问题。

辛小山还是说，嗯。

刘梦维取出了纸和笔，飞快地写下两个字：

手　　淫

辛小山怔住了。

刘梦维牵开纸，恰恰在胸口处，手淫两字各在一座乳峰上，辛小山长长吁出一口气，刘梦维把纸揉成了一团，问，有没有过？

辛小山感到自己成了一具被解剖的尸体，那些所谓的秘密已经千疮百孔。他说，不懂。

那是故事的开始，有关疼痛的记忆，夜黑得啥子都看不清，表哥脱下了辛小山的内裤，表哥告诉他，这是一场游戏，随后辛小山感到穿肠的疼痛，他的身子像是被一根钢钎穿过。

辛小山精准地知道自己是从哪一天开始发育，表哥告诉他，你就想那些狗日的老师，想她们的奶奶，想她们那裙子底下的黑黢黢。辛小山忍受着酸胀，忍受着，忍受着，就这么辛小山精准地知道自己是从哪一天开始发育的。

武彦是个聪明的女娃子，背着书包又折了回来，躲在金钥匙里窥着辛小山和刘梦维的身影。刘梦维起身拉上了窗帘，武彦回头直视落阳，不晃眼哪，为啥子要拉上窗帘。她便凑到了窗户边，那帘子总是有缝隙的，缝隙多少能见到些景象，那景象又令武彦捂住了自己的嘴。她要做些什么，一定要做些什么，便奔了起来，似乎想要逃离窗帘里所发生的景象，而它们竟也像雾霭一般笼罩过来。武彦跑回教学楼的阳台，半蹲着，仍盯着刘梦维的办公室。

先是见到刘梦维出来，头发散了下去，她用手扎成一绺，取下嘴里的橡圈套在上面。武彦等啊等，起风的时候，她闻到了炊烟，心里想，该回家了，更像是对辛小山说的。她站直，趴在了围栏上，辛小山出来时，武彦快睡着了，他低着脑壳，武彦心想，辛小山的皮囊子里装他妈的都是些啥子东西嘛。

　　辛小山听见自己的身体在一层层脱落，细细地听，像是山上烧陈叶子的声音。街上的路被大钢厂的煤车碾得稀烂，如棉花般凹陷下去，辛小山的步子也就软绵绵了。他把唾液包在嘴里，发出吱吱声。真是难受极了，心跳一下下打着喉咙。他想起游泳时，江水急得很，游了一会儿便想歇，可是身处江心，回也回不去，对，就这感受。辛小山的脑子里挤满了毛茸茸的猪儿虫、蔫瘪瘪的布袋子、满屋子的尿骚味。

　　辛小山回到家里，母亲是不会等他了，这么晚了，早吃过了，她一定又急又气，咋个解释呢？刘梦维找他谈话了。谈的啥子呢？还不就是教训了几句。辛小山模仿着母亲的语气，自问自答。辛小山走过何二狗家门口，看见何二狗正招呼家人出来看他，何二狗放声笑了起来。辛小山骂，死了娘还高兴得很嘞。这骂声不能让何二狗听见，何二狗也不是好惹的。辛小山是见到王双全的女儿后，才知道何二狗笑的什么，王双全的女儿手里握着他栽的指甲花，辛小山真想抽她一巴掌。他看到堂屋门扣拢了，他把耳朵贴上去，听见了窸窸窣窣。辛小山想起王双全放学前招呼他去领作业本，这狗日的。辛小山招呼王双全的女儿到牛棚去。

辛小山问她，你见过玉皇大帝的宫殿没有？

她说，没有，你见过？

辛小山说，莫对别个讲，宫殿在牛肚子里藏着咧。

她半信半疑，牛肚子里咋藏得住？

辛小山说，我亲眼看到过。

她赶紧问，咋个看？

辛小山说，扒开牛屁股就能瞄见。

她说，当真？

辛小山替她搬来一块木桩子。

辛小山藏到了屋后的树林子里，背靠着一棵树坐了下去。辛小山再看到他母亲，怕多少会不自然，为何不自然，辛小山又不好意思往下去想。埋头再去看裤裆，又直挺挺立了起来，如身上起的疙瘩一般。他往手心里吐了一口唾沫，刚一伸进去，便听见了牛棚里的惨叫。

次日晨读，王双全没来，教室闹翻了天。吕平被四个男生架着，两人分开腿，两人抬身体，往门角顶，女生在一旁又欢喜又害羞，蒙着眼睛助威。辛小山觉得那喧嚣离自己好远，把头靠在手臂上，黑板的一边留着刘梦维昨天的板书，盯着字出神，连那字迹也妖媚起来，也透着一股檀香气，再一会儿，一切都模糊了。他突然好奇起来，缪科邦到底写过啥子样的诗句？

这时候与辛小山一起出神的还有武彦。武彦拿着刀子在课桌上刻画，一会儿抬起头来望辛小山的背影。

课铃打响了。

辛小山紧紧地捏着拳头，第一堂课便是刘梦维的语文课。走廊上先见到影子，停在门外，刘梦维必定要把衣裳理归一再进教室，同学们各自回了位子，而辛小山老觉得身后有些笑声，笑得他直起鸡皮疙瘩。刘梦维进来了，她在门口驻足，先扫视了一转，辛小山把头埋了下去。

刘梦维说，上课。

值日生喊，起立，敬礼。

辛小山弓着腰杆，躲过刘梦维的眼神。

上课第一件事是回课，两两组队，相互抽背课文。辛小山回头去看了看缪淼，发现缪淼也正看着他。武彦绕过位子，扯了扯辛小山的袖口。刘梦维的课上，允许同学任意选个地方背书，武彦和辛小山走到了后排。武彦念，水是眼波横。辛小山接，山是眉峰聚。欲问行人去那边？眉眼盈盈处。才始送春归，又送君归去。若到江南赶上春，千万和春住。

四周都是背书声，武彦压低了嗓子，说，辛小山，莫以为我不晓得，啥子都瞒不到我。

辛小山的眼光穿过人群，落在刘梦维身上。她正批改着昨天的作业，捂着嘴打了个哈欠，一切都那么平常，辛小山觉得不该如此啊，一定有些不一样，她的衣领，她的别针，她轻轻挑了挑眉，揉了揉太阳穴。辛小山开始怀疑自己，难道是一场幻觉。又看着武彦。武彦将书卷作一圈，伸到他耳边，一边是武彦的嘴，一边是辛小山的耳朵，你是哪么摸的刘梦维，你就那么摸我。

辛小山还记得打捞表哥尸体的下午，镇子上出去了四条船，三孃拿根棍子，敲打江面上漂着的木材，姨爹摇橹，边摇边喊郭幺娃。直到黄昏来临，三孃和姨爹乏力地坐在滩子上，出去的船也相继返来，辛小山的表哥就那么被江水吞走了，而留给他父母的是终生的耻辱。三孃说，你咋就去干这档子事哦。

那天，辛小山的表哥约着几个朋友泅大渡河，不远处，水口镇的女子在嬉戏。几个人笑着说，钻水过去，觑觑她下头是个啥子样。辛小山的表哥哧溜钻进水里，水泡不住地往上冒，他在夹杂着泥沙的水里，隐约见到了女子的腿，他想，近了，近了。女子说她也不晓得是个啥子东西，使劲一脚头，哪曾想是个男娃子。

后来，表哥的尸体漂到了岸上，身体水肿得像颗皮球，鸡巴却仍高耸着。

故事的结尾是在武祠堂，一间容得下几百人的仓库里，地上散落了些谷子，几颗掉进了水泥缝里，还生出了芽来。辛小山睡在底下，他看着顶上挂着蜘蛛网，巴掌大的蜘蛛悬在空中，风吹进来，蜘蛛如钟摆一般摇晃。武彦骑在他身上，裸露的肌肤上沾着稻谷的茸毛，声气游丝般泡在谷香里，飘在辛小山耳畔。辛小山的腰杆一阵发烫，火烧火燎。武彦紧紧地抱着他，辛小山熟悉这片刻的失明，他在武彦的怀中缩得像颗谷粒。武彦的门牙裂开一道缝，咬住下唇，咬出了血，辛小山忽然感到恶心，武彦像一列重新启动的列车，辛小山惊慌地踹脚，武彦的屁股坐着他，他动弹不得，他号叫，用头去撞武彦，他的眼泪水流进鼻孔，流进气管，他感到自己掉进了水里，就快要溺死了。

武彦大笑着说，你不是想听缪科邦的诗歌么?

这竟是一场梦一首诗呀。

天窗

就从雨说起吧。有野心的雨是要落至蟊蝱虢纪才肯罢休，最好配上青烟和雾霭，再有狗吠鸡鸣，或许就该发生些什么了。它哪里会这么想，倒是清闲得很，自顾自穿石，自顾自激起一番尘泥，自顾自钻入江河，若不是这番冷性情，哪里会令佳人才子吟诵至今。雨和石头之间的感情是道不清的，不知从哪一辈祖上起，青石迁徙至此，恋世间二物。一是那行人的脚步，哪一人能独独将步子刻于青石之上，休说凡夫俗子，纨绔子弟，哪怕皇帝老子，它也不理不睬，步子是一脚一脚踏出来的，行经之人皆为印子的主人，于此，它还真修了个众生平等。二则是这淅淅沥沥的雨，雨乃多情的种，润泥土，丰江河，偶或飘至妇人抹过猪苓的发上，偶或落至青石上，单相思的青石！又言及雨声，有喷雨嘘云，风雨如磐，亦有细雨绵绵，牛蹄之涔，各有各的格调情调，全在听者之心境。

我要说的这故事却与那雨之本意全然不相关。若非得说，南方的雨何等惆怅凄艳而衍生诗意，我非得纠正道："正是这雨毁了一个少年的诗意。"

已至仲秋，暑热褪去，凉意缓辔而来，年长者已添秋衣，再看不到赤膊的行人，铺凉席在地上仍睡不着的日子是另一个世界的了。这时节的雨，骗术最为高明，推门闻风声不见雨落，连伞也不消带，赶场归来，却浑身湿漉漉，雨落得无知无觉。这雨又是上好的，经了一夏的镇子仿若浮在半空，细雨令它一点点沉了下去。如此的雨该是温顺的，既是温顺的，人们便与其尤为亲昵，补漏的事要么缓一缓，待到来年开春也不迟，要么夏日暴雨倾盆的时候就该处理，可卖包子的陈老七偏偏选在这时候补天窗。撕掉原有的破薄膜，再用糨糊糊上新的，简单到皇历不消看，日子不消挑，除了陈老七一家和郑亚运，没有人知道陈老七在那一天补过天窗，谁会把心思花在这上面呢？

郑亚运如往常一样吃过夜饭上的房，他的身子越来越重了，踩得木板子咯吱响，他只得踮着脚挪步子。郑亚运甫一立起身子便发觉陈老七换了薄膜，嗅得到新糨糊的米香味。郑亚运靠在木柱子上，他不晓得接下来的时光该咋个打发。

郑长生是他爷爷，这老头每天饭后都要唤那只歪瓜裂枣的猫，从漏风的齿缝间送气，咪咪地唤，还伴着嘶嘶的漏风声，郑亚运睃了他一眼，又把脑壳缩了回来。

郑亚运挨到《新闻联播》结束才下了房，李秀英骂说："你狗日的天天歇了饭碗不洗桌子不抹到处瞎晃荡。"李秀英说话不停顿，一口气能说上百八十字，以往郑亚运总要还两句嘴，可这天，他没的心情还嘴，连《动物世界》也不看了，默默地回了屋子，锁上门，房间里的灯泡是四十五瓦的，拉亮以后，光映得昏黄，这屋子里的家具本该是乳白色的，郑亚运从没见过啥子乳白色的家具，尽是乳黄的一片。他躺在床上，静静地看着灯泡，听老师讲，电点亮了灯，灯发出光，光装满了屋子，看得见它，摸不着它。光真是个好东西。他猜，陈老七这时候正揉灰面吧，他咋个就把那天窗糊上了呢？郑亚运才不怀疑陈老七发现了他的秘密，要发现早发现了。他只觉得这一天好像有些不同。

花红巷的房子是老式的，房子户户相通，旧时兴许同属大户人家，砌墙相隔，勉强划出十来户，好比兄弟成婚分家，分来分去究竟还是一家子，划不开。此家的后院子望着彼户的阁楼，做饭缺了葱花，便一纵身跳进院子里，摘上几根，那可算不得偷哟，毕竟是划不开的嘛。花红巷的房子四季背阳，夏季潮湿，冬季阴冷，照理，一条巷子总归是有一面有一时是朝阳的，花红巷是特例，只有一排房子，另一排向着蓑衣巷，花红巷的人也长出了阴冷的气质。

拿郑长生的脸来说，一张凹陷的脸总会令你害怕，面目表情尽被高高的颧骨和矮矮的鼻梁子吞了下去，只剩一成不变的笑容和咋个也睁不开的眯眯眼。在郑亚运的记忆里，他爷爷会在一场争执之中，忽然安静下去，如同一颗抛出的石头消失在空中，它何时会掉下来？

厕所的锁扣老是坏掉，郑长生常常会在李秀英屙尿的时候撞进去，郑亚运是见过的，他也是明白的，便借来锤子钉子，吭吭哐哐敲打起来，郑长生便坐在一旁静静地看着他。郑亚运敲打的手渐渐无力，他把工具一扔，风似的逃了出去。后来，李秀英终于找来工人，将木门换成了铝合金，拉锁换成了球锁，郑长生再也不能在李秀英屙尿的时候撞进去了。很长一段时间，郑亚运在一旁仔细观察他的笑容，试图从中寻到一丝失落，可他的笑是天衣无缝的，似乎亏心的是郑亚运而不是这老色屍。

一天夜饭时候，郑长生的儿子郑代顺问李秀英："下午陈老七家打牌是输是赢？"李秀英答道："陈老七他婆娘章法打得硬是稳十打九输赢也赢不到啥子名堂。"郑长生刨了口饭，说："那你还去？"李秀英说："混时候。""陈老七他婆娘不是赶罗汉场去了么？"郑长生的声音如麦蚊子飞。郑亚运满以为没的人听到。郑亚运是在那天半夜里听见郑代顺打李秀英的，他晓得，这时候同样没睡着的还有郑长生。

自此李秀英总会躲着郑长生，而谣言却从这屋子里传了出去，陈老七他婆娘砸上门来，骂的不是李秀英，而是郑长生，外人咋个会忌惮个死老头子咧，陈老七他婆娘骂的时候，李秀英也恨不得一并往郑长生头上喷口水，那时候郑长生正在院子里唤："咪咪，咪咪。"

少年的脑海充斥着挥之不去的噪音，演变成烦躁而漫长的意象，才会令其寻找成人不曾留心的细节以抵抗噪音的困扰。

少年知晓母亲眨眼的频率；少年行走故意迈过路缝抑或故意踩着落叶，扬扬自得地相互交流又多长时间没踩路缝或连续踩了多少片落叶；少年数着白鹅划水剖开几道涟漪；少年会跟随蚂蚁觅食的行迹。

那噪音在花红巷更添阴冷，他只能在世界的表象里徘徊，它有着一块透明的玻璃门，里面是可怕的有序，他只能作为旁观者，认知认知再认知。

如此，郑亚运才会发现在堆放的木梁深处，有一窝耗子崽儿，耗子崽儿给他带来的感受会成为他对惊喜这个词语的定义，而随后耗子崽儿们一只只地少去又成为他对失落一词的定义，它们几乎每天就会少一只，直到第五天，他再钻进去发现窝里已经空荡荡，他向郑长生投去了怀疑的目光，不，他确信就是郑长生干的，幻想刻进了他的记忆——郑长生在火堆旁抹着油腻腻的嘴。

而怀疑所带来的意外收获便是，郑亚运发现了那扇天窗。郑家的院子邻着陈老七家的木墙，而在墙的那一端发生着什么，郑亚运起初只能依靠听觉来猜测，他会朝墙的另一头扔些泥沙或捕获的昆虫，他与郑长生犯了同样的错误，忽略了天花板的存在。

在某一个午后，郑亚运躲在角落看着郑长生去了后院，郑长生拎了个破碗，又露出微笑，郑长生在院子里缓缓垮下裤子，从屁股里憋出两截又长又黑的屎，精准地落进破碗里，然后端着破碗，往墙的那头使劲一泼。可比郑亚运毒辣多了！郑亚运正是想看看，郑长生的屎究竟是落在了陈老七的床上还是桌上，于是他翻上了如山的朽木。

郑亚运收集了半年的水浒卡片不见了，一张不剩。他翻遍藏卡片的每一个角落，从枕套到相册，从衣箱到课本，郑亚运无望地坐在地上，开始咒骂郑长生和李秀英，用他掌握不多的所有肮脏词汇。他刚拭去眼泪，又想到为了一张"及时雨"而走了十多里路，便更加不能自已。郑亚运好奇，郑长生为何不再发出古怪的咪咪声。

一座房子的结构由建筑家或风俗专家去研究，住在当中的人只须根据窗户与大门的朝向而挪移床和桌位，何况房子是祖屋，年岁长久，房屋设计的道理由来哪还解释得清，它早都失去了原有之功能。

房子还不就求个遮风避雨，哪有恁多讲究，居住其间，稀里糊涂过日子，不图个情趣，亦不影响生活则罢，倘如天窗一般，逢雨漏雨，来风透风，灰尘抖落满床，那便要将祖上咒骂一番，再大胆地做些改进。

陈老七的父亲在天窗位置镶了块木板，雨不漏了，风不透了，可是屋子头黑黢黢一片，大白天还得点着亮油儿灯，煤油遭不住。陈老七娶婆娘时，想出了个好法子，去了板子，贴上薄膜，天窗依旧透着亮，还保留着它原本的功能，可就是哪么看着都不顺眼，管毯个顺眼不顺眼哟。

这花红巷里就只有陈老七家才有天窗，也就只有他家的天花板中央有这么四方方的薄膜。他想不到，很长一段时间薄膜后面都躲着一双眼睛，而自己的生活也如蚂蚁搬家似的成为少年乐趣的一部分。

当郑亚运攀上了陈老七的木隔墙，眼前一片狼藉，不仅没有为此沮丧，却获得了发现的快感。哥伦布第一次看到的新大陆，不正是郑亚运所见的天花板么。原来自己听见的那些声音尽是穿过它们传过来的。郑亚运还不敢翻过去迈上几步，码不准木板子会松动，会漏下去，趴在那儿已经听得够清楚了，又想到郑长生的愚蠢，不禁笑起来，谁知回头便见到了郑长生，郑长生面无表情地盯到他。眼里是恐惧？也许还有些羡慕呢。

郑亚运迅速地从木堆上下来，昂起脑壳从郑长生身旁走过，那刻时候，得意极了。

郑长生尝试过征服那堆不高的木头，也希望从郑亚运嘴里打听出些什么，那把老骨头能指望他还像个孩子似的灵活？而在郑亚运看来，此时是报复郑长生的最好时机了，要做的是——回绝他所有贿赂。吃饭的时候，当着李秀英和郑代顺，郑长生屡屡开口道，小孩儿爬不得高，一副威胁的姿态，郑亚运拿筷子敲了敲碗沿儿，他知趣地哑了下去。

郑亚运非得去找找郑长生，郑长生要真的失踪了，可要令这一家子的心悬起来，不是出于孝顺，是害怕，那阴森老者的脑壳头随时会钻出个歪念头。

郑长生以前不是这样子，话是从郑代顺口里说出来的："老娘过世前，老汉儿虽说也不开腔，成天只是迷瞪瞪，不整人。"郑亚运没见过他奶奶，也就没见过郑长生以前的德行，从旁人的议论和李秀英与郑长生的争吵中能摸着原委。他奶奶中年信道，老来痴呆，尽说胡话，这些本该随着他奶奶的落气而终止，怪在他奶奶落气前对郑长生耳语了两句，过完头七，郑长生说道："你们就害她，害完了她，该害我了。"

在郑亚运记忆里，郑长生也有过老人的和蔼，那是在他换牙之前，郑长生喝酒，郑亚运就在一旁瞧着，郑长生呷一口，夹两颗花生米或炸胡豆，一颗送到自己嘴里，一颗送到郑亚运嘴里，喝得三分醉，还用筷子蘸上一滴老白干，骗着他尝一口，辣得他嘶嘶吸气，那时候，郑长生也笑，可和现在不一样。

郑长生对郑亚运态度的变化，是从掉六龄齿开始的，郑亚运将它埋进土里，郑长生问："咋个，还等它发芽长出苗苗来？"这法子是李秀英教的，还告诉他，一定要藏进门角落或者埋进泥巴头去，才能又长出来。郑长生再喝酒时，郑亚运又坐到他旁边，郑长生一摆手，说："走，走，走，缺牙巴磕不动花生米。"

少年偷窥是为了满足对不同世界的好奇。可陈老七的生活如郑亚运一家的复制，何止是陈老七，花红巷里哪个的生活不是日出而作，日落而息，无非活路各干各。郑亚运尚能乐在其中，是为那些细节所吸引。

陈小乐吃饭不端碗，陈老七啪嗒一筷子就打过去，陈小乐忍了半晌才哭出声来，她妈又安慰着，那哭声愈来愈大，像是朝陈老七示威，陈老七的凳子响，那是他立了起来："哭，再给老子哭！"陈小乐她妈护着她说："来，你动一下，来嘛，你动她一下哟。"

郑亚运听到这儿就忍不住笑起来，当然，是不敢出声的笑，太难受了。

郑亚运迈出伟大的一步，越墙踏上新大陆，是由陈老七的一巴掌开始的。不得不描述一下陈老七这个人，与其说他是卖包子的，倒不如说他是卖笑的，那笑至少看起来要比郑长生真诚些，一张腰子脸堆砌上笑容，笑容涣散无力，像是郑亚运格子本上写的字，偏旁部首将不大的格子挤得满满的。他招呼客人是一个样子，端蒸隔还是那样子，似乎从娘胎里掉下来，嘴角就被扯上去，角度一丝不变，是用尺规量过的。当陈老七骂了声："妈屎的。"然后一耳光扇到他婆娘脸上，郑亚运当然就耐不住了，难道啯怪话时还是那表情？郑亚运两手撑着隔墙顶，努了好大力，才把身子送了上去，先用膝盖支撑着身子的重量，两手轻轻放至天花板，一点点加力，见天花板纹丝不动，才放着胆往里挪，挪一点，就用双手往前试探一点，还得期望陈老七雄起，陈老七还算争气，打完了又骂，陈老七他婆娘也不是好惹的主，一来一往，郑亚运干脆站了起来，没想到这天花板经使得很，之前的担心大可不必，郑亚运一步步朝天窗走去。正中央的一束光，像是通往另一世界之门，离那儿还有三两步远，郑亚运先把脑壳探了过去，底下模模糊糊如皮影子戏般，这会儿争吵息了许多，从外面进来几个人，有拉架的，有劝慰的，郑亚运又把脑壳缩了回来，生怕下头几双眼睛瞟着了他。这就像是一场较量。陈老七的骂声渐渐远了，他婆娘的哭声在一片叽叽喳喳中也渐渐小了，后来叽叽喳喳也没了，他婆娘抽泣了几声，就把灯灭了。

郑亚运准备到后院去瞄两眼，莫非郑长生还真找着猫了，这里哪有猫，李秀英才舍不得去猫儿市花钱买猫食，那猫是郑长生胡诌的。他说他女人年轻的时候养过一只猫，在后院子里跑丢了，于是在他女人去世后，郑长生就说要把它找着。即便是真的，算来，那么多年过去，猫都活成妖喽。郑亚运刚一开门就遇见李秀英，她没个好言语："不是后院头转就是闷在屋头得你妈了羞儿病么！"郑亚运赌气似的把门一摔，又听见李秀英骂咧了几句，实在闲得无事，只好从书包里拿出作业本，勉强写了几行字，心里上下打鼓。

入了秋，天渐凉，李秀英把自己裸露的身子裹了起来。郑代顺在集市上开了间豆腐脑铺子，李秀英在铺子里帮忙，吃客们打趣她，皮肤比豆腐还白净。李秀英听罢笑得好放荡，豆腐白净那是磨儿好。光棍汉付钱，故意将硬币掉落地上，李秀英便弯下腰去捡，两坨肉球愣愣地现眼前。郑代顺忙着煮粉条搁蒸笼，看不见么，又听不见么？连郑亚运也瞧不起他。有一回，在学校头，他跟同学攒耍，下巴磕在了楼梯扶手上，鲜血高飙，郑代顺知道了，臭骂一通："有种的拿掏火棍回身往他脑门上敲。"郑亚运哭鼻子答："你咋个不去。"

李秀英把外衣套上了，郑代顺的脸色也好多了。秋收打谷子，农民常常是端着洗脸盆来买豆腐脑，生意就属这季节火旺。两口子天不亮就出门，挨到日头落还不归屋，要把第二天的佐料备好。因此，家里就成了祖孙俩的天地，郑长生还是那样，抬个凳子往门口一坐，一坐就是一天，熬着日子。而郑亚运则继续沉浸在发现新大陆的喜悦之中，陈老七的家事他竟一五一十都晓得。有一次，陈老七他婆娘和老娘闹翻了，老娘在外扬言陈老七他婆娘动手揪了她一爪。这事情也搬到了郑亚运家的饭桌上，郑代顺说："陈老七就该站在老娘那方，儿媳妇是娶来的，老娘才是亲的。"郑亚运心里一急，竟脱口而出："才没有揪那老太婆……"幸好李秀英打断了他的话："大人讲话小娃儿插啥子嘴。"郑亚运吓出了一身冷汗。

　　陈老七的生意要比郑代顺的生意来钱，陈小乐的玩具也就比郑亚运的多，其实郑亚运哪里有啥子玩具，自己用木头雕了把手枪，从开年耍到岁末。那天，陈小乐拿了翻斗车模型找郑亚运，一起去砂石厂耍到黄昏，陈小乐开心地说："这翻斗车送你了。"郑亚运还到她手上，说："你才不肯。"经郑亚运激将，陈小乐又塞回到郑亚运怀里，"说了送你就送你。"郑亚运捧着玩具蹦跳着跟在陈小乐后面，一路上都在用笑话逗她。哪晓得回家后陈小乐又找上门来，哭哭啼啼地抱怨，原来陈老七见她丢了翻斗车，将她数落一番，还让她回砂石厂找，一开始她也不愿意说送给郑亚运了，可后来陈老七挽起袖子找棍子，陈小乐才说，是被郑亚运抢起走了。陈老七就引起陈小乐，上郑亚运屋头讨翻斗车，就那么，郑代顺当到陈老七和陈小乐的面，揍了郑亚运一顿。
　　那委屈像是一块石头压在了郑亚运心上，他盖上铺盖嗡嗡地哭，忽然停住了，待到郑长生的咳嗽声弱了，他就起床往后院子去，寒夜里颤抖着翻上了墙，又爬到天窗处。这时候陈老七一家也睡着了，他拿出裁纸的小刀，在薄膜上划开一道小口子，一股臭气袭来，是陈老七的脚臭，他把嘴凑了上去，噗地一口唾沫吐了下去，赶紧退到角落听下面的反应，睡得死沉的陈老七还在打着呼噜，于是郑亚运又往那道口子里吐了几口唾沫，长长地舒了口气。

郑亚运着魔似的掉进了天窗带来的诱惑之中，这诱惑又无非是别人白开水似的生活，他每天早早地就扔了碗，避开郑长生的视线，攀爬上朽木，再凑到那道划开的口子前，这道细细的口子让他更为清楚地观察陈老七一家的动态，却也险些将他暴露。

陈小乐仰头打个喷嚏，瞅见了这双熟悉的眼睛，迅疾抬起脑壳细看，那双眼睛躲了起来。陈小乐用手指了指天花板道："有人。"陈老七呼啦喝了口汤，对他婆娘道："你去买些耗子药，这上头叽叽咕咕响不停。"郑亚运连呼吸都屏住了，听见板缝嘎吱一响，动也不敢动了。陈老七他婆娘感叹："连耗子都喂不起才不像话嘞。"

现在天窗薄膜换了，即便没有换，郑亚运其实也在考虑戒掉这毛病了，毕竟，那天花板一天比一天脆弱，而郑亚运一天比一天重，他可不想摔下去拍到地上，让人捉个正着。

郑亚运把耳朵贴到门板上，细听李秀英的动静。

按说，李秀英吃过了饭就该出门去扯二七十的，她肯定也察觉到郑长生失踪了，她在屋头绕来绕去，一定是在找郑长生，不见到他的影子，她可放不下心。她终于放弃了，在一阵乱步后大门砰地合上，又过一会儿，洗罢碗的郑代顺也出门了。以免李秀英杀回马枪，在两人都出门后，郑亚运还埋在桌上写作业，直到敲麻糖的师傅叮叮当路过，郑亚运才把笔放下。"米花糖、花生糖、桃片糕、绿豆糕、丝丝糕。"又喊："麻糖哟，不黏牙的麻糖哟，好吃不黏牙的麻糖哟。"郑亚运以前搞不懂那师傅是如何敲出叮叮当的声音，像乐器奏出来的，有一回，郑长生问郑亚运，吃麻糖？说罢，牵着郑亚运的手叫住麻糖师傅，郑亚运那才看明白，叮叮当的是切麻糖的工具，一个底座，一把楔子，郑亚运嚼着麻糖，道，再敲，再敲，咋恁好听。郑长生蹲下身子，将满是胡子的脸蹭到他脸上，吃麻糖莫说话，看把牙儿扯落了。那时候的郑长生不一样，可现在郑长生在哪儿呢？郑亚运可以开门去找找了。

天窗下上演的除却一模样的起居饮食，还有些戏剧性的场面。那场面令郑亚运恶心脸红了好一阵子。

李秀英向郑代顺交代："去两河口灌两桶蜂蜜。"没等郑代顺答应，就把二八自行车撬了出来。郑代顺颇不愿意，还是往链盘里上过油出门了。李秀英又给郑长生安排，给了他些零钱，让他到茶馆扯牌去。独独忽略了郑亚运，他还是个孩子，老老实实在屋里写作业，李秀英顾不得他，慌慌张张往外走了。

恰好陈老七屋里也仅有他一人，他把屋子收拾一番，坐桌子前点着了一根烟，桌子上奇怪地摆着一瓶峨眉雪。

"开门。"一听见那声音，郑亚运心里咯噔一下，回头瞄，没的人影，才晓得是下面在喊。"来了，来了。"陈老七掐灭了烟，走到门口，门吱呀开了，郑亚运先看见鞋子，又瞥见脚杆，他往后一躲。"挨毬的，喷过香水？"郑亚运想起方才闻到的气味。"城里买的，郑代顺都闻不着。""挨毬的，又拿给郑代顺禽了几回？""你管毬得着么？"郑亚运不是坐在木板子上，更像是躺在开水壶里。"屋头的人都打发走了？""婆娘带起娃儿去了他表娘家，闲龙门阵要扯好半天。"那身子仿佛已不属于郑亚运，他木愣愣弯下去，只见影子，影子叠影子。"赶紧点，郑代顺去了两河口说远远说近近。""挨毯的，还心慌。"那一双影子走出了天窗的世界，郑亚运趴在板子上，他同时听见了身体里的呼啸和身体外的呼啸，它们在一扇天窗间交融。

郑亚运不知道那天是如何爬下朽木，如何回到屋子里，如何听见李秀英的呼唤。那瓶峨眉雪由李秀英递了过来，郑亚运启开瓶子，咕噜噜干了，气泡从他的胃里返进嘴里，像是要将他炸开似的。李秀英摸着他的脑壳道："慢点喝慢点喝趁你老者不在偷偷给你买的。"

昨晚下的那场雨是入秋后的第……第五场雨，郑亚运躺床上还担心，操场遭打湿了，体育课上不成了。郑长生开始咳嗽，李秀英细细声地骂，恰巧郑亚运的房间在中间，他听着听着就睡着了。

这天早上起床他便觉得怪，李秀英和郑代顺迟迟未起，郑长生又向他问起了是咋个爬上去的，郑亚运冲他撇嘴，郑长生叹口气，流露出的表情好熟悉，是同桌的表情，像是问他，咋个嘴一撇就吹得嘘嘘响。

郑亚运开门往巷子里瞧，刚住了的雨，又飘飘落了，青石板上生着浅浅的青苔，它们要耐过冬么，郑长生递过一把伞来，郑亚运没接，一头扎进了毛毛雨里。

后来就是开头说的，他上房，发现因为这场雨，陈老七把天窗的薄膜换了。现在他想找找郑长生。

可，再也找不着了，再也，找不着了。

片云片雨

上

　　冬的肃杀残留，风扰进了夜里，木床上的妇人难眠，她披衣摸黑寻火去，点着了一束可怜黄，随风飘零，浸润夜空一角。然后是久违的雨，像个憋坏的郎君，钻进无人的乌篷船，敲碎孱弱的流水，此宵任他欢愉吧。翌日晨起，倾了遗在门外的盆子，探出脑壳望江水又涨一截，船夫揩干净座椅板凳，钓鱼人已坐在岸上等鱼儿上钩，唯他明了水深几尺几寸，料峭依旧，打个战，缩缩颈项，瞧见苔藓爬上了台阶，不免步子走得缓了，胸中却亮敞些。

　　羽儿在风中抖动身子，栽入齐腰深的塘里，指头儿抠住布满泥淖的塘底，下鱼苗的季节还要再等等，他只见到一些耐过了寒冬的浮游植物。雾霾在这个冬季从北方飘到了南方，天沉了整整一个冬。羽儿翻过身子，青山瓦屋浮在水面，朱医生薄得像一页纸，朝白果树走去。羽儿的下巴长出了一片腮，他似乎能像条鱼似的呼吸，冒出的气泡咕噜噜朝天上窜。

这是羽儿今年第一次下水，他再也想不出啥子法子躲开朱医生。那是五年前了，春妹让他到门外坐着，那时候还下着雨，他紧紧地贴着墙，雨珠子恰好从鼻梁滑过，朱医生从门里出来，他懦懦然侧过头去望朱医生，那个像是从旧画报里蹦出来的先生。春妹在屋里喊："朱医生，拿伞。"羽儿见到他往里挪了一步，雨滴还在往下落，羽儿的眼睛不住地闪，朱医生忽然往雨中奔去，跌了一跤，又是一跤。羽儿和朱医生有了默契，临推门，朱医生说："春妹，莫送。"话道给门外的羽儿听，羽儿的头别过去，两排绵延的围墙把巷子挤得窄窄的，羽儿少时两手撑住两面墙，爬上去，探头看对家院坝里刚产出的幼狗，院坝里传出的吠声如今苍老了许多，吠声的间歇是朱医生的步子，愈来愈远，羽儿才回屋去，关上门。可羽儿体弱，长河堨只有一个朱医生，害的小病，咬咬牙便过去了，父亲去世那年，羽儿常无缘故地扑到地上，他感到身上被人压着，路人见他在地上抽搐，赶紧去叫朱医生，朱医生将羽儿抱在怀里，羽儿听见他的胸腔里一阵又一阵闷响。在朱医生的铺子里躺了半天，羽儿总闭着眼睛，春妹把朱医生推到门外问："害的啥子病？"朱医生却笑道："心病。"好一阵没的声响，春妹轻描淡写地说："该收敛点，你女人在洗衣裳。"朱医生说："羽儿这是没睡好瞌睡。"春妹说："走的这些日子，羽儿晚上的确困不着。"春妹又把门掩拢些，"达才走后，羽儿跟我讲，达才守在院坝里。他出门，达才就跟到他，达才走累了，爬上他的背，他背着达才走，哪里背得动，一扑爬栽了下去。"朱医生慌张地说："讲胡话，羽儿脑壳缺氧了。"春妹问："要是达才还留住在屋里……"朱医生打断了她的话："进去看下羽儿。"羽儿在那个下午趁着春妹和朱医生都不在，翻窗逃了出去，他想起了达才，达才精神的时候带他到长河游泳，在自己身上套个绳套，另一端系在羽儿躺着的轮胎上，达才在前面凫水，羽儿躺着，朝前面打水，唤马儿似的又是喊"驾"又是喊"吁"。羽儿走了几步，蹲下身去，说："达才，上来吧。"后来朱医生碰到羽儿，他本想张口说些什么，羽儿感到他在看着自己，把目光聚到朱医生的那双脚上，它们顿了会儿，又离开了。可怕的默契！朱医生走后，家里多了几包药，春妹为羽儿熬了几服，仍不见好转，羽儿索性避开春妹，把那药全倒进茅坑了。

羽儿的病吓到春妹是在一个寂静的夜里，一个能听见血液在皮肤下流淌的夜里，羽儿忽然喊着春妹，她醒来后发现羽儿的声音已经嘶哑，急急地迈到羽儿的房间。羽儿睡在床上，眼睛盯着屋顶，说："我听见我爹在磨刀。"春妹只道了些慰藉话，拍打羽儿的后背，达才的模样挂在梁上，时而模糊时而清晰，她回屋，却再也睡不着，霍霍的磨刀声游走在耳畔。天方亮，春妹告诫羽儿今天莫乱跑，随后往廻龙庙去了。廻龙庙的仙孃督着画工描佛像，春妹买了香烛，在廻龙爷前鞠躬作揖。仙孃问她为何事而来。春妹答，为达才的事。画工的笔一抖，廻龙爷的眉毛歪了出去，仙孃让他停了下来，问春妹："达才又回来了？"春妹说："羽儿看到他了。"仙孃哀叹道："再装怪只能做孤魂野鬼咯。"她在香炉里撮出纸灰，装进口袋里："达才有挂念，舍不得羽儿。"春妹拎着袋子离开，她也留意到画工和仙孃的眼神，怨自己不争气，更怨达才不争气，他要能多活些年生，咋轮得到朱医生，袋子里的纸灰是泡汤喂羽儿的，喝了便看不见达才了，达才在地府里的日子不好过吧，要么他咋赖在世上不走嘞。穿过廻龙庙的树林，春妹回身看了眼，这是达才刚查出病时种下的，人枯了，树却越长越茂盛。

羽儿喝了仙嬢的汤，身体变得轻盈了，可走着走着，还是想蹲下去等达才上背，达才离他远了，他看到了达才在远处的样儿，不敢靠近他，可怜兮兮的。再后来，羽儿的身体开始发育了，喉咙里堵了颗石头，传出的声音是羽儿陌生的；乳头胀得厉害；骨骼在膨胀，把皮肤顶得像凹凸不平的地表。羽儿在它们的攻势下，不知所措。达才并没有走，羽儿在镜子里照见了达才，那个方圆十几里最好的泥水匠，正用他熟悉的活路在羽儿的身上重塑了一个自己，羽儿盯到镜子，盯到盯到，就哭了出来。

从塘里起来，穿上衣裳，羽儿沿着长河往下走，杨柳抽出的芽儿会在数月后像个少妇招展，长河塆的少年会把它们折下来，拴成环，套在头上，水面将漂浮着一颗颗戴着柳枝的脑袋。芽儿正忙着生长，它们迷恋着少年。羽儿往下走，也许不小心就会走到天上去，水面接着天，落阳总钻进长河的肚子里，翌日的晨光便也带着长河的气息。在下游，住着个叫红琴的女孩，一户水上人家的女儿，红琴进学堂晚，一对辫子吸引着羽儿，她母亲的手得有多巧多勤快才能编出这细长的辫子。红琴的话很少，除非老师提问题，下课几乎不开腔。这样的女孩更容易招男孩的攻击。先说红琴是个没妈的娃，红琴只是听着；又说红琴的爹运河沙，生意不好做，留在了长河塥，要么她咋不讲话，口音怪得很，红琴只是听着；男孩们见红琴既不哭也不闹，变本加厉，连她的爹也不是亲爹了。羽儿坐得远远的，看着红琴，她的下巴搁在手背上，手垫在桌上，任男孩在她周围如何奚落，她把眼敲得圆圆的。羽儿想，或许真是个外地人。羽儿发现放学后红琴还待在那里不走，羽儿躲在门外瞅着，红琴的脸躲进了胳膊肘，留下一对辫子在摆动。因为春妹与朱医生的关系，红琴的遭遇很快也落到了羽儿身上，羽儿在那些讲闲话的男孩中挑出了一个，拿起铁皮文具盒，狠狠地敲到他头上，一下又一下。羽儿被开除那天，红琴逃了课跟着他到了长河边，红琴说："那天你躲在门外头，我晓得。"羽儿吃了一惊。她说："我叫红琴。"羽儿不知道自己听到的到底是红琴，还是红琪。红琴是一户水上人家的女儿，家是一艘船，船即是家。羽儿看到的是空空的桩子，红琴一家取了纤绳，又往下漂走了。羽儿站在泊船的岸边，在河石坝上有燃过了的柴火垛，春妹告诫羽儿莫朝这边跑，小心拐到船上当船夫去。那红琴的父亲未必是她父亲，红琴许是遭拐上船当小媳妇的。羽儿赌气似的抱起一块大石头，砸向桩子，它闷声一响，长河尽头的红琴却听不见。

羽儿回家不声不响地把屋门掩上。

春妹在外面有一声无一声地道："冷到寒食热到秋，哪有这几天就下水的，冻害了，又一副要死不活的模样。"

羽儿钻进铺盖，春妹那么一说，他还真感到脑壳有些涨痛。

春妹又道："你这么荡起不是办法。可惜长河塥只一所学校，要么找你二爸想下办法？"二爸在镇上打饼子，能想出啥子办法，无非是要寄住到他家，去镇上的学校念书。

羽儿把铺盖掀开，说："不念了，给我找个师傅学活路，做泥水匠。"

春妹推开门，递进来一条暖毛巾，敷在羽儿额头上。"你爹就是做泥水匠的，能有啥子出息？"

从长河塥去镇上要渡河，还要走十里路，乌压压的云盖在头上，羽儿在前面走，春妹跟后头。过坟茔的时候，羽儿的眼泪花忽然淌了下来，止不住地抽泣。羽儿说他想达才了，不是想达才的样儿，是想达才的坟。春妹说，人葬进了土，就化成了泥，你想它，它又不想你。

进了镇子，春妹在货郎那儿购了些香膏，径直朝二爸那儿走去，老远就听见面团打在木板上的声音。叩了几下门，稀开一道缝，屋里黑黢黢的，二娘探出了一张脸，见是春妹和羽儿，便往里面引，道："还以为是哪个？稀客哟。"羽儿想起还未招呼，补了一声："二娘早。"春妹道："二哥还在打饼子哟？"二娘诮讽道："不打饼子，吃啥子？"二爸走了出来，羽儿吓了一跳，二爸跟达才长得真真像，二爸结婚那会儿，达才还打趣二娘，夜里莫抱拐了。

在堂屋里拾出一片空地方，二爸洗手换身衣裳，二娘掺了两杯茶，羽儿觉得这屋子太闷，眼睛瞅着墙上的旧挂历。

"他二爸，他二娘，打搅你们了。"

"说的啥子话。"

"达才眨眼走了五年了。"

"那会儿，羽儿才九岁。"

"一晃，我们也五年没走动过了。"

"还不是你不肯往我们这儿踏。"

"铺子做着生意，我来不是添乱么。"

"今后常走动就是。"

"常走动，常走动。羽儿今年十四了。"

"男娃子几年不见，都不敢认咯，羽儿念初中了吧。"

"初中，初中，该念初中的，就是想来说这个，羽儿没念书了。"

"没念书？咋个搞起的，那么小，不念书搞啥子？"

"说的是，那么小，不念书搞啥子？"

"为起啥子？念不起走么？"

"遭学校开除了，羽儿，前因后果，你自己跟你二爸讲。"

羽儿盯着挂历正出神，冷不丁被问到这个问题，不知如何回答。

"他经不起别个娃娃奚落，打了人家，道了歉，敷了汤药，学校还是不留他。"

"奚落，奚落啥子？"

"还不是那流言。"

二娘还要张嘴问，二爸啐了口茶，二娘又把话吞了回去。

春妹继续道："像你说的，不念书能干啥子，可长河塇只一所学校。"春妹拿手肘抵了羽儿下，"你说是不？"羽儿茫然地点点头，"羽儿说，想来镇子念，我想过，且不说路远，那渡口也不是我家开的，说走能走，说回能回？羽儿又说，二爸不是住在镇上么？"

屋里顿时像被谁偷走了声音。只有羽儿留意到，那幅旧挂历的年份正是达才走的年份，上面的钉子还是达才敲进去的。羽儿说他想去屙尿，起身朝茅房

091

走，走拢茅房外头，见到二爸的灰面桶子搁在门口，羽儿把它提了进去，垮下裤儿，尿柱子在灰面里冲了个坑。

临走，二爸才起身说了句话："哥儿人是走了，他的弟兄还在，有些人不仅撕了哥儿的脸，连他弟兄的脸也撕了。"

春妹只顾埋头走，羽儿看到她的肩膀在抽动，他从未这样安静地看着她，这个女人仿佛是从地里长出来的，白果树是她爹，杨柳是她的姊妹，风一吹，就摇晃，羽儿见到她的脚成了根，腰成了干，手成了枝，发成了叶，屁股和胸是树皮上的疙瘩，还有鸟儿在那里筑了窝。窝里的鸟蛋啄出一张红润的嘴，鸟翼张开，闭上，张开，闭上，飞了出来，扑腾进羽儿的心里。

达才对羽儿说："要像个男子汉，男人天生是女人的撑子。"达才的虎口掐着羽儿的腕，这双拿凿子的手磨得像岩石般粗硬。

达才拿上工具出门，春妹送了又送，羽儿喘个不停。"不送了，又不是第一次出门，做完这趟活路，就歇一阵，找朱医生开点药，好生调理下。"春妹点头应道："晓得了，羽儿体你，病秧儿。晚上早点歇，手脚肿了，就使开水烫下。"两母子立岸上瞧着达才渡河，走远。羽儿后来的梦里常出现这一幕，惊得他一身凉汗，达才渡了河，影子步步朝土里走。

朱医生还真给达才送药来了，药搓成了一粒粒的丸子，朱医生嘱咐一日嚼三五粒，这种病只能养，医不好。羽儿把药收了起来。朱医生问，达才是又出去了？这号病哪里还能劳累。收了春妹的钱，唉声叹气地离开。

可惜了好一服丸药，达才都没来得及尝一口。达才被抬回来的时候，只剩一口气，春妹扑在他身旁哭，直到落气，他身上还留着被春妹压出的白印子。达才要羽儿过去，羽儿以为他会交代几句，看到他浮肿的脸一阵儿通红，然后血色一点点往皮肤深处沉，沉到骨头里，达才闭上了眼睛。羽儿又去摸了摸那双手，已经没有力气了，他掐了一把达才的腕子，达才会对他讲什么呢？

羽儿回头在人群里找一双眼睛，他晓得，这双眼睛一定会出现，就像达才出远门时候，每个夜里这双眼睛都会出现在院坝外。

"妈哎，你等下。"

春妹停下来，擦眼角转过身子。

"要么去朱医生铺子高打下手。"

"朱医生开的是药铺子，哪肯要你。"

"哪个喊他天天朝我们屋头跑。"

"胡讲些啥子？"春妹的腮上绯红，睨了羽儿一眼。

下

　　冯梦龙的《情史》里有个《杨越渔》的故事：越渔者，杨翁女也，容貌美丽。为诗不过两句，或问："何不终篇？"答曰："无奈情思缠绕，至两句，即思乱不胜。"有谢生求娶。父曰："吾女宜配公卿。"谢曰："谚曰：'少女少郎，相乐不忘。少女老翁，苦乐不同。'安有少年公卿耶？"翁曰："吾女词多两句，子能续之，而称其意，则妻矣。"遂以女诗示谢。女诗云："珠帘半床月，青竹满林风。"谢续云："何事今宵景，无人解与同。"又诗云："春尽花随尽，其如自是花。"谢续云："从来说花意，不过此容华。"女览诗，叹曰："天生吾夫也！"遂为夫妇。多引泛江湖，唱和为乐。后七年春日，杨忽题诗二句云："明月易亏轮，好花难恋春。"谢讶曰："何故作此不祥语？"女曰："君且续之。"谢应声云："常将花月恨，并作可怜人。"女曰："逝水难驻，千万自保！"即以首枕生膝而逝。

朱医生对春妹讲："长河堧有个花姑，长得娇美，男的见到了，纷纷托人说媒，任达官显贵，花姑无动于衷。到了谈婚论嫁的年龄，花姑竟去了山上丰都庙，寻个叫慧觉的和尚。原来是花姑年幼的时候，在长河戏水，误入河深处，和尚恰巧路过，把花姑从水中救起，花姑只记得和尚法号慧觉。慧觉避而不见，花姑坐了几天，说：'慧觉把我从水中救起，却又不肯见我，要是花姑又落了水，慧觉是救还是不救？'花姑步步向河心去，立于水面而不沉，万籁无声，唯慧觉的木鱼敲不停，花姑落下一滴泪，河水突涨，一个浪子把花姑吞了去。"

朱医生说：杨翁女无人解与同，得谢生，幸也，花姑心思藏了十余载，遇慧觉，幸还是不幸？春妹说，有啥子幸也不幸也的，看白了，都是熬日子。刚见到达才那会儿，达才着一身脏衣裳，春妹嫌他邋遢得要死，才不肯跟他过一辈子，达才去了，春妹想到当初的念头，几分唏嘘，几分嗤笑。又譬如朱医生这两口子，夫人长一对招风耳，捡着细丫丫便朝耳朵里戳，织毛衣的针签捅破了耳膜，几乎听不见声响，朱医生的满肚子旧诗只能吟给墙壁听。

羽儿到朱医生的铺子打下手，初去时，老觉得身后有双眼睛看着，是朱医生的夫人，这女人耳朵不好，只能拿眼睛盯着，好似眼睛也能弥补耳朵的不足。朱医生常斥她："做你事情去，挡脚绊爪。"羽儿后来才晓得，这女人的父亲是朱医生的老师，药铺子的学问和本钱，都是从女人父亲那儿讨来的。女人的记忆力又好得惊人，瞟一眼处方，便知哪味药在哪个柜子，朱医生只须望闻问切，提笔开处方，省了不少工夫。羽儿来后，朱医生有意培养他似的，把药的位置告诉羽儿，又教他认草书，羽儿下苦功，药柜子熟悉了，不认识的字朱医生也乐意解释，女人便闲了下来，闲下来只能拿眼睛盯着。

要说朱医生与春妹的事情，女人一丝不晓得，那是谎话。羽儿在朱医生家里吃饭，女人替他端上碗来，一口下去，嘴皮子被碗沿的缺口划了一道口子。羽儿看着女人的眼睛，知道她有很多问题要问，可惜耳朵不好使，语言也退步了，支离破碎地道出来，羽儿总是笑一笑，张嘴而不发声，急得女人捂着耳朵在房里打转。想来，朱医生何时出门，何时归，女人都掐指算到在，没发作，兴许是觉得，日子还熬得下去。

白果树冒绿尖，叶把儿生出一串蓓蕾，这时节是躁动的。清明扫墓归来，朱医生去找春妹，春妹嘴里说：

"今天？不好吧，达才还没走远嘞。"嘴里这么说，却又把朱医生引进屋。羽儿知趣地往朱医生铺子走去，路上他浑身都软塌塌的，想找块石头靠一靠，临进门，便在白果树下打了个盹，梦里压在春妹身上的男人既像是朱医生又像是达才，后来他觉得像自己，或者自己像达才。等到睁眼，朱医生的女人在喊他："羽儿，羽儿，你……你师傅嘣？"羽儿不吭声，他望起脑壳，正正好望见女人的裙底，望见那女人的内裤上印出了一朵紫色的花。

羽儿回想自己和达才究竟有多像，达才在世的最后几年，不干活路的时候，随常都躺在床上。有一次，羽儿趁他睡着了，走到他床边，细细看他，不自觉就伸手摸他的脸，摸他的脸，又摸自己的脸，待达才一睁眼，羽儿像是被褫了魂一样的，像是自己在盯到自己。

春妹说："朱医生咋个不早些对我好呢？"

羽儿说："朱医生早些对你好，朱医生就不是朱医生了。"

春妹说："是呀，那朱医生就不是朱医生了。"

羽儿问："我爹和你是咋个好上的？"

春妹说："隔久了，忘了。"

羽儿说："我晓得，是达才赖到你。"

　　像是在暗处点着了一盆火，火势在大地上蔓延开去。羽儿早晨起来开始冒汗，朱医生的女人咿咿呀呀唤他起床吃饭。吃饭的时候，羽儿接过碗，发现女人悄悄换了一只，女人还老拿余光瞥他，羽儿正犹豫要不要把事情告诉朱医生。朱医生丢了筷子，去院里劈柴，羽儿看着他出了门，回眼却见呆呆的女人，羽儿吓得叫了一声，可是他并没有听见声音，于是又叫了一声，聋的不是女人，是羽儿，整个世界都把他遗弃了。朱医生手里的斧头一下下劈向柴禾。羽儿说："我晓得你干了啥子事情，我晓得你干了啥子事情。"女人惊慌起来，她一把抓住他的手，往她的胯下按。羽儿一把抽出了自己的手，他要逃回家，逃到达才身边，他嘴里不住地想喊"达才"，出口却成了"春妹"。还是没有人听见！女人就笑，笑说："要出……要出……要出人命了。"

　　雪山融化了，雪水淌下来，长河像个发育的男孩，或是发情的妇人，要挣脱堤坝的束缚，一切都悄然地来，悄然地去。要出人命了！百虫喧闹，叶子绿了，不经意的轮回。

　　春妹趴在羽儿的背上，她想起了达才。那是初夏，她感到肠儿断成了一截截，倒在地上不省人事，春妹的父亲喊来达才，达才把春妹背到背上，她在达才的背上听到羽毛轻飘飘落到草原，一片广袤的草原。达才轻轻对她说："白果树下就是朱医生的药铺子，马上就到了，马上就到了。"这也是初夏，春妹见到朱医生吊在白果树上，在他的身下是躺着的老刘，和立着的听不见声音的女人，春妹被羽儿背到背上，她在羽儿的背上听到草原有雄鹰飞过，有兔子穿行，那片广袤的草原。羽儿轻轻对她说："春妹，羽儿带你走，白果树已经远了，已经远了。"

羽儿发觉女人临朱医生的处方是在春妹进朱医生房门之时。女人见了春妹只是笑，春妹喊她，姐姐。女人的一对招风耳，颤了颤，笑容僵住了。春妹问朱医生："女人耳朵是真聋了？"朱医生便扭头去骂："傻婆娘。"女人还是笑。春妹说："她兴许听见了，笑得真古怪。"春妹睡在空房间里，那间是为病人备的。女人聋的是耳朵，不是脑子，她哪会猜不出，母子俩一前一后住进来的意图。可女人却对春妹好得很，熬的汤，炖的鸡，送到春妹的房里，送进春妹的嘴里。春妹还是说，女人的笑真古怪。羽儿在夜里会听见两阵脚步，朱医生和女人的，朱医生的脚步拐进春妹的房间头，然后是女人的脚步，女人的脚步会停在房门口。

羽儿去农家收草药,别个问他:"住朱医生屋头?"羽儿答:"给朱医生做学徒。"又问:"说的是,春妹也住那儿?"羽儿掏了钱,把草药塞进背篓,不吭声。待羽儿走开,男人们才嬉说:"朱医生福气好呀。"男人们遇到羽儿,还算收敛,要是遇到朱医生的聋子女人,那话一句比一句下流。可朱医生对春妹的态度却一点儿也没变,朱医生的女人对春妹的态度也一点儿也没变。搞得羽儿都糊涂了,码不准朱医生的女人到底在想些啥子。他只是发觉女人临朱医生的处方更用功了,那笔迹看起是一模儿样,兴许是女人实在闲来无事吧。

白果树的叶子渐渐伸上了瓦,天晴的时候,羽儿喜欢坐到树下,坐到树下听,听阳光落到叶子上,叶子卷曲发出的吱吱声,坐得久了,心就空了。

那也是个大晴天。羽儿只在树底下坐了一小会儿,就觉得周身酥软,冒虚汗,他以为是发烧了,不敢再在太阳底下晒,就回了房间,躺到了床上。过了没多久,老刘就来了朱医生的药铺。春妹摆好凳子,朱医生在叫羽儿,羽儿不应声,女人默默地走到药柜旁。朱医生要老刘支手,在那张桌子上,朱医生把过长河堰所有人的脉,无论是汉子还是女子,走到他面前,他总是先听到他们的脉搏跳动。朱医生的笔在方子上划过,羽儿听到女人嘀咕着，然后接过了方子，熟悉地打开每一个抽屉，女人的手巧，抓出的药放进秤盘相差不出一钱。朱医生进了羽儿的房间。女人把药包好。朱医生问羽儿："咋个了？染热伤风了？"春妹上前揭开被子，摸羽儿的额头。羽儿想要说话，但他感到被人捂住了嘴，他要告诉朱医生，要告诉春妹，女人正嘀咕着那句话。春妹在他的眼睛里又见到了达才，和达才一样的眼神。春妹怒斥道："达才，莫闹。"羽儿听到老刘拿起药，放进了包裹，迈出了铺门。女人走了过来，扶在门框上看着他。羽儿感到被人捂住了嘴，他感到像是沉到了塘底，指头儿抠住了布满泥淖的塘底。

达才下葬，众人正往坟里填土，朱医生着急忙慌地跑来，手里拿着四包药，他说达才的药还没服完，别在地府里做个病鬼。春妹年三十给达才上香，朱医生拎来祛寒的药，清明给达才拎来通肝的药，到了七月半，又成了降火的药。春妹说，倒吃成个病鬼了。朱医生便同春妹念起达才的好，夸赞达才老实能干。春妹请求羽儿的原谅，朱医生越是对达才好，她在朱医生身前越感到无力，被人抽去脊骨般。

羽儿在睡梦中，被一阵踹门声闹醒。太阳刚好露出半个头，女人拉开门，人群涌进来。羽儿起床时，看到的是朱医生狼狈的样子，以及老刘平静地躺在白果树下，羽儿走到老刘身前，被抬尸人一把推开。朱医生的鼻子撞破了，从伤口淌出的血染红了他的衣襟。朱医生站起来，又一拳打上去，他的脑袋拍到墙上，女人伸手要阻拦人群，她听不见他们的辱骂，只把身子挡在朱医生前。朱医生回过神，冲着春妹的房间大喊："快跑！"可怜的女人挡在朱医生前面，她听不见。羽儿跑进了春妹的屋子，羽儿要春妹从窗户翻出去。春妹惊慌地问："出啥子事了？"脚步朝屋子走来，羽儿说："老刘服朱医生的药，死了，找上门了。"春妹一跃，往草丛里逃。羽儿看着她的身影，笑了笑。

春妹趴在羽儿的背上，羽儿的手搂着春妹的脚。

羽儿说："春妹，羽儿带你走，白果树已经远了，已经远了。"

春妹问："朱医生死了？"

羽儿说："朱医生挂在白果树上。"

春妹说："嫁不出去了，再也嫁不出去了。"

羽儿说："嫁不出去就嫁不出去，我们上山找达才。"

水生

　　苏锅巴打桩的时候，章嘉伦正蹲在芦苇丛，这天下午，学堂校长嫁女儿，放了半天假，他听到柴油机的响声，就朝河滩走，然后瞧见了苏锅巴扛着大锤下船。掌舵的是个背娃娃的女人，娃娃在哭，女人顾不上安抚他，苏锅巴拴上缆绳，朝船上吼了声"嘎嘿"，柴油机才熄火，女人才把娃娃放了下来，解开了衣裳。章嘉伦站起来，他没留意到，船头有个和他年纪相仿的女孩瞧见了他，那女孩指着芦苇丛说，有人。章嘉伦猫着腰，朝芦苇丛深处钻，刀子般的芦苇在他背上划出一道道口子。

　　傍晚，上河村参加喜宴的人就都晓得美人滩靠了一艘船。苏锅巴给学堂校长拿来了一条烟和两瓶酒，烟是本地烟，酒是湖北酒。校长引他去见村长，三个人在村委会的屋子里待了半个小时，出来时，正好在放烟花。苏锅巴在酒席上敬了一圈，一边喝，一边唱家乡的祝酒

103

词，只有陈贵全没有喝他的酒，陈贵全走得早，他还要去双龙桥放电影。苏锅巴偏偏倒倒地回到滩上，他的女人搭了个灶台，余火还在冒烟。章嘉伦藏得更隐蔽了，乌篷里点的是煤油灯，帐子掀开，女孩走出来，她坐到船舷上，木船在晃动，章嘉伦不敢拍打身上的麦蚊，他害怕弄出声响。

　　第二天，章嘉伦第一个赶到学堂，他合上书，默背老师布置的作业，一、二、三、四……他数着进来的同学，一共是三十七个学生，四年级十八个，三年级十三个，二年级只有六个。去年开始，三个年级合并到一个班，老师说，凑不齐三十个人，他们就得到二十里外的官帽小学上课。

　　章嘉伦望着窗外，苏锅巴领着女儿走来，苏锅巴把她送到了教室门口，老师让她站到讲台上，她半天说不出话。

　　老师就问，你叫啥子名字？

　　她低着头说，我叫苏红霞。她说的是普通话，不太标准的普通话。

　　老师指着章嘉伦说，三年级单了个位子，你去挨他坐。

　　她把书包塞到抽屉里，章嘉伦没见过这样的书包，用布缝的，还有绣花。苏红霞的课本不一样，就和章嘉

104

伦打伙看，他们都打着赤脚，苏红霞不小心踩到他，她的脚凉冰冰的，就像刚从河里抽出来。课间休息，章嘉伦跑到晒坝里和同学打闹，苏红霞靠在课桌上，他们一上午都没有说话。中午放学后，苏红霞先走，章嘉伦跟在她后面，看着她书包上绣的花。陈贵全踩一辆自行车从后面追上来，问他，咋个不回家？他转身就跑，也不晓得苏红霞有没有瞧见他。

下午，老师让他们抄字，他用铅笔在作业本上写：你从哪里来？

苏红霞写：孝感。

他写：船上几个人？

她写：三个。

他写：四个。

苏红霞看了一眼作业本，又盯着他，然后头就埋到了胳膊里。老师走过来，章嘉伦撕掉了那一页纸。老师问，你欺负她？他说，没有。老师让他站到后面。苏红霞哭了很久，他不晓得她为啥子哭？

苏锅巴来之前，陈贵全已经放了二十年的电影，他踩的自行车总是挂着两个箱子，装的是放映机、胶卷和幕布，在他老婆和人私奔前，几个村子的人待他都很好，他老婆和人私奔后，电影开场前，观众总是要打趣

105

他，放的是不是《潘金莲》？也有些年轻女子和他搭讪，说到最后，他才明白，人家只是希望他下次带部新片子来。几个村子陆续有人装了电视机，看坝坝电影的人少了，散场的时候，就只剩些老者和孩子，他几乎认得所有的孩子，他教他们玩放映机，让他们站到卤素灯前，把影子映到特务队长兰毛的身后。

苏锅巴来之后，陈贵全和他见过两次，一次是在校长女儿的婚礼上，他一看就知道他们是来躲罚款的，第二次是放《一江春水向东流》，苏锅巴只看到一半就要走，他女儿不愿意，陈贵全就说让她留下来，等电影放完，再送她回去，苏锅巴说，也好。章嘉伦也要搭他的车，于是一条杠子坐了两个孩子，他先送章嘉伦，再把苏红霞送到滩上。路上，他给他们讲《小铃铛》的故事，听到木偶活过来，苏红霞害怕，就把手搭在章嘉伦的肩上。

苏红霞不和别人耍，她只跟章嘉伦耍。章嘉伦也不怕耻笑，星期天，他牵牛到美人滩吃草，让苏红霞骑到牛背上。

苏锅巴划了一只筏子到河心捕鱼，木船里传来婴儿的啼哭，但章嘉伦没见到苏锅巴的女人，她像是漏到水下去了。

他把牛牵到水凼边，苏红霞从牛背上下来，牛一个翻身滚到泥汤里，他们咯咯地笑，章嘉伦盘腿坐着，苏红霞站着。

他问，你们出来好久了？

她说，六个月。

他问，你弟弟好大？

她说，五个月。

苏锅巴的筏子往岸上靠，他手里攥着一条麻绳，绳子的另一头拴在白酥酥的尸体上，他把她拖上岸。

章嘉伦站起来，望了一眼，说，呔，死蚌，快走，快走。他一手牵着牛，一手牵着苏红霞，苏红霞一手遮住眼，一手牵着章嘉伦。

他把牛系在芭蕉树上，然后爬上去，他看到，上游下来的几艘船，也靠在岸上，几个人在跟苏锅巴理论，还有些人站在侧边看，扶着自行车的陈贵全就在其中，他两颊通红通红的。

苏红霞在笑，章嘉伦说，你笑啥子？

苏红霞说，你屁股上有两个洞。

章嘉伦梭下来，捂着屁股，有些害臊。

他们用草垛搭了一间草房子，躺在里面，看着瓦蓝瓦蓝的天，章嘉伦说，淹死的人在水里看岸上的人，跟岸上的人看水里的鱼是一个样子。

苏红霞不开腔。

上游来的人在跟苏锅巴还价格，他说他捞了这具尸体，二十一天都下不了水，到正午，两边才谈妥，女子的家人给她盖了件衣裳，驾船走了。

转眼到了暑假，县上来了个支教老师，学生不大情愿上课，她就拿了糖果，挨家挨户地走访，轮到苏红霞，她提着东西在滩上喊。苏红霞走出来，苏锅巴也走出来，他招呼她上船，下地的人停了手里的活，看着支教老师上去，又摇摇晃晃地钻进乌篷。她出来的时候，是哭着的，下地的人问她，船上是不是有个娃娃，她也不回答，沿路走沿路擦眼淋子。

好说歹说，班上终于回来了三十个学生，支教老师喜欢苏红霞，待她像女儿一样，给她新本子，给她文具盒，支教老师也姓苏，村里的大人就以为，她是苏红霞的亲戚。

上河村的电影场次越来越多，先是一个星期一场，后来三两天就一场，有时候还有香港片和外国片，年轻人又回来了，他们坐在墙上，有亲嘴镜头时就会拍巴巴掌，喊多搞点这种片子。有一阵，苏红霞见了陈贵全就躲，章嘉伦不明白她躲啥子，只好自己去看，第二天又跟苏红霞讲，有的片子他看不懂，就瞎讲。

自从苏老师来了以后，章嘉伦又可以和苏红霞去晒坝看电影了，不过是由苏老师带着，不该看的地方，苏老师就让他们车转身，章嘉伦弯下腰，从胯下瞄。

陈贵全拉着苏老师问，现在城里放啥子片子？

苏老师说，录像厅有《少林寺》，也有《搭错车》。

没隔几天，陈贵全就拿来了《少林寺》，先在上河村放，邻村人也来了，看到最后，觉远受戒，都不肯离开。

陈贵全装好设备，推着自行车和苏老师一起走，章嘉伦说，我长大也要上少林，他们都笑，只有苏红霞低头数着步子。

河滩旁的庄稼地被碾倒一大片，主人大清早就站在地里日妈倒娘地骂，他想骂给船上的人听，苏红霞背着书包路过，那人低声说了句，小杂种。

苏红霞坐在教室里等老师，章嘉伦也坐在教室里，苏红霞不晓得老师为啥子还没来，章嘉伦晓得。太阳晒得老狗喘粗气，晒得嘞嘞子吱吱唤，校长来了，校长说，苏老师不来了，你们回去吧。苏红霞坐在位子上不动，过了很久，才背上书包回去。

站在地头的人和站在船头的苏锅巴对骂，地头的人威胁说要去报官。

苏红霞取下书包，坐在船舷上，两只脚拍打水面。

章嘉伦告诉她，苏老师头天晚上，连夜收拾好行李，从渡口包船走了，哪个都劝不听。章嘉伦不明白苏老师为啥子要走，她也不明白。

上河村好几天没有电影看，有人去找陈贵全，陈贵全说他病了，要歇一阵子，那人就说他是拿了工资不干事，又说他有个毬用，讨个婆娘都让人抢了。陈贵全爬起来，拿根棍子把放映机砸得稀巴烂。镇里通知他去一趟，他骑着自行车去，走路回来。

那天，章嘉伦和苏红霞从苞谷林出来，浑身痒得难受，他们脱了衣裳，章嘉伦光溜溜的，苏红霞剩一件褂子，章嘉伦水性好，游出去，一个猛子扎下去，半天不起来，苏红霞刚开始还在笑，后来就哭喊，章嘉伦，章嘉伦，章嘉伦这才浮出脑壳憨笑。

苏红霞坐到鹅卵石上，看章嘉伦游远。

章嘉伦往上游泅，泅到美人滩，又扎到水下，到船舷边才探出头，他扒着船舷，往乌篷缝里瞧，女人晃着孩子说，江西翻了船，麻子到湖南，湖南有得米，麻子钻了夜壶底，夜壶底一掀，麻子上了街，街上打铳，打了一只烧鸡公，拿回去，敬祖宗，祖宗不吃你的烧鸡公，水生，水生，快睡觉。他手一松，船噜啷摇动，他飞快地甩着手臂，太阳刺眼，他啥子都看不清。

苏红霞的衣裳还在岸上，人不见了。

泥路上有一大一小两个脚印，他沿着脚印走，小脚印没了，大脚印钻到了苞谷林，他听到苞谷林里，苏红霞在哭。

他扭头就跑，一边跑，一边扯长脖子喊，狗日的陈贵全，狗日的陈贵全。

苏锅巴扛着大锤，朝陈贵全家里走，身后跟着刚放下农具的男人和女人。他一锤子砸开反锁着的门，刚一砸开，他就站住了，扔下锤子反身就跑，男人和女人伸长脖子往门里瞧，他们瞧见陈贵全挂在半空，荡来荡去。

苏锅巴解下缆绳，赤裸的章嘉伦蹲在芦苇丛，背着娃娃的女人扳动舵杆。苏锅巴一步跳上去，遥远的警笛声和柴油机的突突声吓哭了孩子，苏锅巴的女人说，不怕，不怕，水生莫哭。

苏红霞朝岸上，朝芦苇丛看了一眼，又坐到她常坐的位置，船在跑，河水，河水仿佛没有流动。

阴阳人甲乙卷

甲卷　情

　　郭落坝姓张的只一户，张二耕，他婆娘，和张雨鹭。被鬼奸的就是张雨鹭，若她姓郭还好，坝子上千余户郭姓人家，哪个会留意郭雨鹭是谁，传的时候都这么道，姓张的女子让鬼日了。

　　受大渡河灌溉便叫坝子。为何要称郭落坝？郭落祠门口有块匾，书"汾阳世第"四字，指的是唐代汾阳王郭子仪后代，这经不起考据，譬如姓杨的称"弘农世第"，姓黄的称"汝南世第"，无非是攀亲戚，"落"字倒能说明是迁来此处。坝子外接大渡河，中间隔一道泊滩堰，那天，傻儿就是站在泊滩堰的桥上，瞄见张雨鹭从孤岛撑船归来，傻儿说，张雨鹭去孤岛挨日了。傻儿的话就那么说着，张雨鹭的肚皮一天天胀大，飞短流长，张二耕送她去了趟镇上，回来人们便说，张雨鹭让鬼奸了。

张二耕闷在屋头待了七天，每天坐堂屋里吃烟，脑壳仰着烟斗竖着，还有人听见他喊，他娘哎，喊完把烟斗往地上磕一磕，长叹一声。第八天出来，张二耕成了疯子，头发颜色褪尽，脸蜡黄，裤裆里散出茅坑的气味，急匆匆挨家敲开门，逢人便斥，姓郭的都是狼心狗肺，娃儿掉下来，姓张不姓郭。坝子上家家户户把门锁死，都躲着他，张二耕只能找傻儿。

傻儿，你姓郭？

我老者姓郭。

你叫啥子？

郭二傻，嘿嘿，你叫张二耕。

你日过女人？

咋个日法？

没有日过，你为啥子说我闺女让鬼日了？

我见她从那岛高头回来。

咋个回来的？

哭起回来的，她遭郭玉成日了。

郭玉成个私娃子。

你嗟他有毬用。

你教我咋个办？

拍死肚皮头的娃娃。

张二耕回到屋门口，坐在阶沿望那不远处的孤岛。那是一片滩涂，张二耕早先带起婆娘来这儿时，大渡河水尚湍急，过了些年，上游浚河，抖松了河床，水卷起泥巴下来，才堆积起了大大小小的岛，倒也不坏，撒些西瓜子，不消人管，只要大水不淹，年年有收成。孤岛早先不叫孤岛，那时候，高头还有人住，搭个棚养条狗，夏日还需两三个人轮流守夜，直到……张二耕从阶沿上站起来，进了屋子。

住在侧边的郭四孃说，随后就听到那屋头传出闺女的喊声，哎哟喂，硬是揪心，当爹的张二耕真真是畜生。张二耕把张雨鹭反绑在酸枣树上，用的是拴船的麻索，麻索绕麻索，张雨鹭脚蹬泥土，干号着。张二耕似若铁下心要干黄事，叫嚣要找尺把长的剪子，捅烂那肚皮头的妖怪。幸亏蹄子挂着拐，趁张二耕去后院找剪子，替张雨鹭解开了那死结。

向晚时分，鸭子游过池塘，涟漪剖成两道。张雨鹭一路跑啊跑，只听见风呼呼灌进耳朵，苞谷穗拂拭脸蛋，眼淋子溢出来，她只晓得跑，能跑到哪儿？跑过平坝便是山路，不敢再跑了，肚皮头的娃只晓得蹬脚，哪晓得当娘的苦。张雨鹭不争气地坐到石头高，呜咽呜咽，声音青烟似的散入落阳里。

那边一跑，张二耕的疯病更重，个大活人白眉白眼消失了，码准是遭郭玉成逮到地府当婆娘了，个大活人好端端绑在酸枣树上，咋个眼睁睁就不见喽。

跸子告诉张二耕，是她自己挤开了。

拴了一圈又一圈，她是个女娃子，又不是头牛，咋个挤得开？

她是个女娃子，又不是头牛，哪有你这样子当爹的。

要是你屋头的闺女摊上这事情，看你还肯不肯说风凉话。

跸子一瘸一拐走回自家晒坝，忽听得张二耕嬉笑道，姑娘矮矮，嫁给爬海，爬海脚多，嫁给白鹤，白鹤嘴尖，嫁给灵鸢，灵鸢逃走，嫁给毛狗，毛狗嗙臭，嫁给幺舅，幺舅嫌她，嫁给田家，田家不要，扯根赖毛吊死她，哈哈，吊死她。张二耕说完，便睒睃睃睃盯到远处。

孤岛上葬着的是十八岁的郭玉成，算命先生早说过，郭玉成命里犯水，活不过十八岁，此话说对了一半，郭玉成正是满十八岁那天丧命。郭落坝上夭折的少年有一半淹死在大渡河里，每年夏天都有爹妈去捞气筏子般的尸体。郭玉成的尸体打到下游河石坝，衣裳裤儿都冲落了，赤条条趴在那儿，他爹说，跑了十里地才找到他，不敢认，翻过来一看，颈项上恰恰有个胎记，才肯认是这狗日的。众人不信，玉成娃背个石头都淹不死，莫是遭人害的哟。郭玉成的尸体躺在木板上，面上盖着布，他爹揭开来，苍白浮肿，嘴角却扬起来，笑眯眯的样儿。他爹说，你看那模样，若是遭人害，他笑个啥子？转头问族长，咋个葬法？族长说，葬到黄葛山。众人道，早夭的娃，可不能葬到山上。族长问他爹，那你说葬在哪儿？他爹指了指那片滩涂。这是郭玉成他爹的说法。傻儿说，不是，不是，郭玉成脑壳开了花，挨了闷棍。众人没听傻儿说，吃罢了丧饭，各回各家。张二耕上前架到傻儿的脖颈子，愈来愈用力，傻儿的脸憋得通红，张二耕手一松，傻儿跌倒在地，翻白眼。

郭玉成葬到了孤岛上，下葬那天甚是风光，郭玉成他爹从渡口租来大木船，土炮在水里炸开，水花溅起，像是郭玉成踏出的脚步。风水先生看好了位置，在孤岛的最高处，一声下葬，鞭炮四起，声音贴着水面飘到了张二耕屋头，张雨鹭把自己关进屋子，掩在铺盖头，黑黢黢的，她像是见着郭玉成在笑。就是从那时起，岛上的西瓜地便荒了，只剩一座孤零零的坟包，起先还有些淘气娃娃上去逮野耗儿吃，回家便是一顿毒打，娃娃也不上那岛了，郭落坝便传开了，郭玉成是只野鬼，张雨鹭是遭野鬼日了。

穿堂风撞开了木门，门闩哐当掉在地上，张二耕心

116

想，女娃子要去寻那郭玉成，由她去寻，也做了野鬼，莫回来找我这老者。

张雨鹭的步子在黑夜里乱闯，零星的灯光平添了她心头的愁。郭落坝上的人家以两项活路为生：打鱼，撑船。蓑衣随处可见，挂在墙上，经了几代人不破。那一瞥，张雨鹭就想到了郭玉成的蓑衣，那件蓑衣又大又厚，既可披在身上，又可垫在地上，躺上去不硌背。躺在上头，二人望着繁星高高低低垂挂着，身子酥软得如江水里的泥巴，玉成哥哥侧过身，呼吸挠着她的耳坠子，她把手贴着他的心窝子，摩挲他的胸膛，他呼气，她就呼气，咚咚咚，连心脏都跳到了一起。

郭玉成是捕鱼好手，撒网抑或扎猛子下水徒手逮，在郭落坝都是数一数二。郭玉成也是撑船的好手，他一撑杆下去，木船逆水都能跑出十几米，又能吼一口响亮的号子，无须花里胡哨的诗句，只是抑扬顿挫地号，哟——吼咿呀——嗨！汉子闻声抖三抖，姑娘儿见到面红耳赤。张雨鹭站在门前竹林里，她晓得郭玉成定会回眸嬉她，风不吹槐槐不动，妹不招郎郎不来哟。听了这句，张雨鹭才回屋，轻掩门扉，冰凉的手心捂着热乎乎的脸，臊得慌。

张雨鹭嫁不得郭玉成，郭落坝的祠堂只认郭姓和窦姓。那窦姓的祖上本是果洛一带的蛮人，改了汉姓，顺流而下，与郭姓交火，郭姓败下阵来，划出坝子西侧，供窦姓安居，百岁千秋，姻缘相合，郭落坝的祠堂方才接纳了窦姓。张二耕是何人？父亲张钊还算风光，义字堂舵把爷，当年故宫文物南迁至本邑，曾督促腾清修缮库房，雇请纤夫组织搬运。后头，大哥张永仁败家，输光了家财不说，倒欠了一屁股债。张二耕本名张先，躲债来了这郭落坝，当初他牵起婆娘抱起女儿跪在族长门口，冬月间，正打霜，婆娘昏厥过去，张二耕就喊，再不收留，婆娘就冻死喽。如此，张二耕才在郭落坝讨得了三分地，哪里还敢奢望嫁给那姓郭的。

这番世相张雨鹭通晓，不过男女之事向来能令人不管不顾，张雨鹭至此仍无一丝悔意，命里与他做不得夫妻，偏要顺当生下他的种。

歌声传来，不知孰人竟忘了夜已深：高高山上一树槐，手把栏杆望郎来，娘问女儿望啥子，我望槐花几时开。

清早的阳光泡在水汽里，张雨鹭在郭玉成的家门口坐了一夜，刚睁开眼睛，门吱呀一声，走出来的是郭玉成他爹，手头拿着高粱扫把，瞟了她一眼，又自顾自地扫晒坝里的水凼。张雨鹭才忆起昨夜下了一场雨，虽是夏日，水汽也沁骨，在墙角缩作一团，下巴挨着和尚头，她本无意讨人怜悯，那纤纤的细手随意搭在脚踝。

郭玉成他爹瞧着心头竟一颤，怪不得弄得玉成娃神魂颠倒，细窥这女娃子的模样，说不得羸弱，眉间露出些傲气，尤其是那鼻梁子最惹人爱，巴不得食指挨上去刮一下，两扇嘴皮子有些病态的泛白，怕是吃食欠缺。郭玉成他爹把扫把搁到起，慢悠悠回了屋，里头传出窃窃私语，张雨鹭正竖起耳朵想听出些名堂。未几，郭玉成他娘就走了出来，递上件单衣裳，道，莫在门前臊皮，到牛栏去。

原来，这天正巧是郭玉成他家新屋上梁的日子，两口子大清早就穿戴归一。新房邻着旧房，待新房竣工，在隔墙上凿一道门，郭玉成家也算得大户了。按旧俗，家屋头办过丧事，三年内都置不得新，郭玉成他爹等不及，牵强道，下葬次日就动工，这叫有"官"有"才"。至于郭玉成他爹咋个就忽然发了财，事实上，盖房子的钱都是张二耕给的，按郭玉成他爹的说法，是以钱偿命，偿的是孤岛上郭玉成的命。盖房子的钱是张家给的，可这会儿，张雨鹭却只得躲到屋后的牛栏去。

忙忙走，忙忙走，主家请我开梁口，开梁口，开个金银灌百斗。

一阵敲打吸引了张雨鹭，她藏到篱笆墙边，埋着身子望到那边。

屋梁正放在堂屋中央，两端挂着红绸，梁上写"荣华富贵"，刻"龙凤呈祥"图案，堂屋后墙贴有一幅鲁班像，像前摆方桌，桌上备米、蜡、纸钱、敬酒、布鞋、布伞，以及一面红绸，书"吉星高照"。匠师上前，把红绸挂在梁担木上，曲尺摆正，叩头作揖，请鲁班仙师登位。司务道，坐在东头打一望，主家坐个好廊场，前有三步朝阳水，后有八步水朝阳，朝阳水，生贵子，水朝阳，出文章。念毕，郭玉成他爹心生不愉，"生贵子"三字如棒子打中他的后脑豚，转念，躲在牛栏房的张雨鹭肚皮头不正怀着郭家的种吗？此时，轮到郭玉成他爹去厨房呈上粑粑，见郭玉成他爹不动，郭玉成他娘便踩了他一脚，这才把他踩回过神来。众人四言八句赞颂，讨些粑粑吃。匠师削去一块木屑，站在扇架上的人抛下绳子，玉带软如棉，栋梁口里缠，上梁。拴梁头，拴梁尾，待梁木拴好，把鸡公捉到梁担木上，发梁，起梁，拉梁上墙，梁木上了房顶，鸡公高声鸣叫一声，是为吉祥。匠师些遂下到地面，郭玉成他爹上前分发红包，仪式结束。而后便是宴请宾客，摆上九大碗，肉多菜少，以示主人大方，宴席上尽是坝上的人家，彼此天天照面，场面相比别的地方更闹热。

谁料到张二耕竟寻到了这儿。是张雨鹭最先在篱笆缝隙睃见了张二耕，他赤着身子，拄着手杖走来，心不禁就悬了起来，仍鼓着胆，看郭玉成他爹会如何应付。

院坝有围墙，围墙不及人高，众人先望见了张二耕的半截脑壳，夹着的菜正往嘴里递，愣在了那儿，纷纷去看郭玉成他爹的脸色。郭玉成他爹正在灶门间爨火，脸向着灶炉，不晓得外头的事情。水烟师反应快，尖声一喊：来客伙喽。郭玉成他爹才把那张熏黑的脸朝了出来，先是热情，待看清是张二耕，再一惊，又转过去对烧菜的婆娘说些啥子。郭玉成他娘拴着围裙叉起腰走了出来。

张二耕瞄见人多，更卖弄起疯相，挥起手杖一番舞弄，那动作倒还逗得哄堂大笑，酒桌上除了笑的，还有领掌的，足像一出坝坝戏。那张二耕打滚嬉笑，一会儿扮骑马状，一会儿扮厮杀状，竟也把来意忘到了九霄云外。

郭玉成他娘嘴角也扬起来，道，添坐添碗。

水烟师端上茶水，喊，客伙好吃好耍。

这一喊，张二耕甚是难堪，他并非来道贺的，哪儿准备的有啥子礼，只得顺到戏演，献上祖传拐杖一根。哪是啥子祖传拐杖，无非是路旁随意捡的一根木棍子，张二耕一本正经地作揖，作双手递上貌。

水烟师照样握笔，蘸墨，往黄表纸上书，念：干柴一根。

众人大笑。

郭玉成他爹晓得张二耕是来臊堂子的，这会儿才走出来，想要夺过木杖。张二耕忽一棍扫到郭玉成他爹的腰杆高，但听咔嚓一声，不知是棍子断掉，还是腰杆折了。郭玉成他爹面色铁青，水烟师这才晓得闹出事情来了，赶忙迈步护到主家。众人才又注视到张二耕的表情，不但没的一丝疯相，倒像是明明白白晓得在做啥子，看戏的心情全无，纷纷面面相觑。

张二耕为何顿生怒意？水烟师在黄表纸上书写，才让他记起来此的本意。那又为何要打搅这好好一场九大碗呢？张二耕尚不晓得张雨鹭正躲在篱笆后面窥视这出戏，他来此，只为一件事，便是要把郭玉成的死，道出个所以然。

那晚，张雨鹭亮着房里的灯，是要照亮郭玉成爬墙进来，待到张二耕和婆娘倒完洗脚水，张雨鹭将窗户稀开一丝缝，轻咳两声，藏在草丛里的郭玉成便大胆地挺起身子，噌噌翻了进去。张雨鹭倒有些害怕，冲着郭玉成压了压手掌，要他小声些。郭玉成已经到了窗前，张雨鹭打开窗户，郭玉成跳进屋子时，张雨鹭故意打翻板凳，弄出的声响压过郭玉成的脚步。张二耕隔着墙吼了一声，深更半夜，还不睡。郭玉成搂到张雨鹭，额头抵额头，悄声笑着。

晌午起来追太阳，到了天黑追月亮，白日忙碌在外头，到了黑夜想屋头，想你恋你就睡一头。呀，这踏花被头硬巴适。

有啥子巴适的？

滩上尽是沙，咯得痛。

看不见月亮，望不到星，我还喜欢躺在那蓑衣上。

蓑衣不安逸，二天我俩盖个大房子，也他娘的盖个带天井的大房子。

给。

这是啥子？

大佛寺拜的符，克水。

乖妹妹，你硬是有心。

只求你撑船逮鱼安生些。

巴不得明天就娶你。

娶得？

有啥子娶不得，娶不得就跑。

跑到哪儿去？

我的撑杆到哪儿，就逃到哪儿。

偏不，偏要敞亮地嫁给你。

要的，就敞敞亮亮的，在郭落祠门口办筵席，请二狗当焗匠，三蒸九扣，六大四小，哪样贵上哪样。买最贵的脂粉，跟你娘一样，使绸布作盖头，那帮狗日的就是瞧不见你的模样，哈哈哈。

小声点，我爹娘还没睡熟嘞。

张雨鹭猜得没错，张二耕听到声响，便往隔墙的亮口睃，睃见两个人影子晃动，便拿起棍子轻手轻脚到门外，敲门。

郭玉成正跟张雨鹭脸贴脸。

闺女。

嘘——，张雨鹭答应，爹。

你出来，爹跟你商量个事情。

啥子事，明天说不得么？

明天爹一早就要出工。

张雨鹭起身，郭玉成藏到铺盖头。

门闩刚一拉开，张二耕便按了进去。

玉成，快跑。

郭玉成没来得赢蹦起来，先吃了一棍子。

张二耕又一下打上去，遭郭玉成逮住棍子一揎，连退了好几步。

郭玉成埋起脑壳朝外头跑，张二耕跟到撵，张雨鹭也想追出去，遭她娘拽到起，咋个都挣不脱，只见那两个黑影子越来越远。

张二耕说，今天当到人多势众，我把话讲开了，玉成娃纵身前，我的确甩了一棍子上去，打没打到我不晓得，哪怕打到了，也是天经地义，他来偷我闺女，我晓得他是好人么歹人，打不打？你郭禄贵借到这点，抬老子的竹杠儿。我问你，我问这在场的人些，玉成娃为啥子要黑灯瞎火跑我闺女屋头去？害死玉成娃的，是我么，还是你们这姓郭的人些？现而今，我婆娘跑了，闺女也跑了，你们好酒好菜吃得心安么？

张二耕涕泗纵横，在场的人哑口无言。

郭禄贵干嘶嘶道，胡扯。

不等众人回过神来，张二耕已踉踉跄跄地离开了。

死沉沉的院坝头响起了炮仗声，水烟师的吟诵带回了应有的喧闹，东方一朵青云起，西方一朵紫云开，两朵彩云齐驾起，紫微星君下凡来，只有仙人来到此，正是主家树立时。似乎事情没有发生过，张二耕不就是个疯子么？

没的人晓得，就在郭玉成丧命后不久，郭禄贵便上门找到张二耕，言说当夜有人亲眼见着，是他将玉成娃打死的。张二耕没有反驳。郭禄贵便张口管张二耕讨丧葬费，若有不从，便扬言要将张二耕送官。某日半夜，张二耕他婆娘背起行囊离开了这坝子，再没回来。

躲在篱笆后头的张雨鹭眼眶湿漉漉，往昔的一幕幕又涌上心头。这一番折腾，又揭开了她的伤疤，只怪命苦，一咬牙，千错万错，肚皮头的娃娃没的错。

张雨鹭在郭禄贵家住了下来，鬼奸的流言蜚语也随着时间渐渐淡去，郭禄贵可真真是个地痞，哪个都惹不起。郭落坝的傻儿并非天生的，他家的祖地与郭禄贵的祖地隔一条田埂，大渡河三年一涝，水淹上坝子，退水后遍地疮痍。那年傻儿家与郭禄贵家的祖地间的田埂被洪水冲毁，按理，重新筑起便了事，可郭禄贵偏要把地界往傻儿那头挪三尺。傻儿不肯，两头一争，愣头愣脑的傻儿拿锄头将郭禄贵的新家具打得稀巴烂。当时，郭禄贵就看着他砸，不啬，也不动手拦，傻儿累了，扛起锄头回去了。翌日，傻儿就毫无征兆地傻了，有人说，头天晚上郭禄贵去了王元村，王元村有个王丑儿，善蛊。

张雨鹭在郭家住的是老屋，那老屋原先住的是郭玉成他奶奶，前年走的。他奶奶信佛，时常给廻龙庙捐粮捐油，这般虔诚，自有佛祖庇佑，三十年前便打好了棺材，赚了三十年的阳寿，临死前十三日不吃一口饭，七日不喝水，躯体如蜡，气若游丝，择了个吉日才断气，待到胸口凉去又过了两日。廻龙庙仙孃叹，德高望重的居士咋就生了个孽子。如今郭玉成他奶奶已去世两年，张雨鹭躺在木床上，静默的时候，却仍能听见咯吱咯吱响，仍能听见他奶奶的呻唤，夜夜不寐，脸色更难看。郭禄贵来过问，张雨鹭说，这屋头像是有鬼魅般。郭禄贵跟婆娘商量，想让张雨鹭搬到新房这头住，郭禄贵他婆娘弯酸了一句，又不是明媒正娶过来的。最终，郭禄贵要更执拗些，张雨鹭也就搬到了新房头。

某日，郭禄贵他婆娘扫洒时，从老屋里翻出了一张皈依证，吓得惶恐不安。老辈子有个说法，若是入了佛门，这皈依证便可免去阴曹地府的大刑。当时定是忘了烧掉皈依证，她婆婆才在屋子里翻来翻去，赶忙跟郭禄贵讲，又去请来阴阳先生。

这阴阳先生自称是从炎帝庙来的，郭禄贵瞄他穿着打扮，实在不像个正经道士。不过，阴阳先生摆出的架势倒是将郭禄贵唬住了，先悬上一张钟馗画像，门首窗户挂八卦镜，柳枝桃枝布置在堂屋里，又在老屋门口放一盆面粉。张雨鹭害怕，郭禄贵便让她去别处回避一下。既是阴阳先生，就必要耍一出走阴的把戏，郭禄贵起先只当是看稀奇，一面化符，一面嬉皮笑脸盯到阴阳先生。

阴阳先生头戴桃枝，诵一阵咒，两眼翻白，倒在藤椅上。

哎哟喂。

这一呻唤，吓得郭禄贵一抖，阴阳先生的嗓子把老太婆学得惟妙惟肖，郭禄贵和婆娘扑通一下跪到地上。

郭禄贵，郭窦氏。

娘哎，儿在，女在。

玉成娃死得硬惨哦。

郭禄贵他婆娘抽泣着。

在人世犯通奸之罪，下的是九层地狱，剥了衣裳过冰山，再是千刀万剐，油锅炸。

郭禄贵问，娘哎，你见到玉成娃了？

阎王斥他为何自溺，他道不出个所以然，只言凡夫俗子之身，因了情爱，目空余子。阎王大怒，引他再入枉死地狱，二辈子休想再为人，问他悔不悔，玉成娃倔得很，只道无怨无悔。

郭禄贵他婆娘说，我那玉成可怜呀。

郭禄贵，郭窦氏，你两个晓得这番孽缘因哪个而起？

因哪个？

正是因那张雨鹭，你却留了她在屋头住。

郭禄贵说，她肚皮头怀的是我郭氏的种呀。

孽种。

娘，你讲的啥子话。

你个不肖子。

郭禄贵干脆站了起来，道，在生的时候，你还催他早些成亲，早些生个孙儿嘞。

郭禄贵他婆娘拉扯他，道，莫惹娘冒火。

阴阳先生似若有些慌张，白眼也翻得不干净，眼珠子瞟着郭禄贵。郭禄贵看出些蹊跷，娘，玉成娃是溺死的？

阴阳先生像是在问郭禄贵他婆娘，溺死的？

郭禄贵健步上前，拽到阴阳先生，挽起袖子，要一顿狠揍，你倒是下阴间啊，下不去，老子送你下去。

阴阳先生抱头躲开，再跪地告饶。

郭禄贵打了几拳，气头消了，道说些莫再欺世盗名之类的话，将他斥走。

郭禄贵看出来了，这阴阳先生是他婆娘请来诳他的，许是那股混劲作祟，自那以后，郭禄贵时常当到婆娘的面，往张雨鹭的房间头钻。张雨鹭仍是个女娃子，哪猜得着郭禄贵的算盘，满以为郭禄贵关心她，只是因她怀了郭氏的种。

这天，郭禄贵上镇子上找女人，这女人住白石桥，她丈夫是石匠，成日都在山上，她便在屋头做起了暗娼，一来可满足自己的欲望，二来可挣些零碎钱，可频繁的接客令她患了病，浑身渐有恶臭。郭禄贵原先三两天便要去会她一次，可他发觉这女人患病后，便不敢再找她了。这天，他兴许是真真按捺不住了，可偏偏远远地便望见她屋门口扯了白幛，再往前走，望见里头停了一口棺材，她丈夫正往火盆里烧袱包。郭禄贵暗自道声，晦气，往回走，忽而惦起张雨鹭这会儿在干啥子，忽而惦起张雨鹭这会儿是啥子神态。

张雨鹭这会儿正坐在晒坝头缝鞋底，偶尔飞过来一只麦蚊，她摆摆脑壳，鬓发轻飘飘的，活脱脱像她娘的模样。她忽然停了下来，两眼空空地望着远处。郭玉成走了有一阵了，张雨鹭正是二八年龄，道说是思念玉成也罢，道说是寂寞也罢，有时，她也悄悄躲到铺盖头解乏，伸进去抽出来，只觉得像是郭玉成钻进了她的身体，在里头打滚撒泼。这会儿，玉成娃又在捣乱了。

郭禄贵静悄悄往回走，太阳躲在一片云后头，光是昏昏黄，落到水凼头，水凼印出张雨鹭的脸，暖红暖红。

张雨鹭猛抬头，才发觉郭禄贵立她身旁，像是盯了她半晌了。

昏昏黄的阳光一点点退出院子，退到田坝头，退到远处的河面上，再后来，天便黑尽了，那双鞋底仍留在竹椅子上。

哪个都没想到，新梁安上去不几日，郭禄贵他婆娘便吊死在了上头。一说是因她为起鸡毛蒜皮的事情与郭禄贵拌了嘴，一说是因她同某人三四勾搭，遭郭禄贵发觉，自知愧对郭禄贵。没的人敢道出真实缘由，可似乎每人都晓得。

乙卷　性

　　张二耕疯癫癫离开了郭落坝。他跟到老者跑码头的时候，学到两项绝技：一是嘴上功夫，吼得来号子唱得来曲；二是手上功夫，耍戏法。后者能实实在在解衣食之忧，他只消置三块碗，五颗铁蛋儿，盘腿一坐，不受地盘限制，茶馆、酒肆、码头、街边均可，看者驻足，可打赏小钱，有不服气者也可赌上一把，猜那碗里究竟有几颗铁蛋儿。张二耕手法极快，路人只见他往碗里放了两颗，却不见小指一勾又取走一颗，或拇指一推又推进一颗，赚得赌注，路人不恼，甘愿打赏他些闲钱，还纷纷叫好喝彩。张二耕兴起之时，吃一口烧酒，张嘴即唱：太阳落坡天快黑，过路的大姐过来歇，没得枕头我去借哟，没得铺盖么盖衣裳哟。又有：高高山上栽高粱，风吹高粱响叮当，好吃的不过高粱酒，好耍的不过少年郎。唱词尽是赤裸裸的嬉戏，过路的姑娘些纷纷绕道走，汉子些则一层围一层。不久，满城都晓得，铁牛门睡了个糟老汉，耍得来戏法，唱得来曲。

张二耕的唱法无门无派，也无拘无束，比起正堂的说书人更讨欢喜，名声在外，传至何十一耳中。何十一也是号人物，在家排行老幺，打小便自谋生路，流浪至成都省，跟了个流浪艺人，帮他挑行李，摆摊子，偷偷学了些技艺，先前还不敢在众人面前亮相，不想艺人遭抓了壮丁，行头撂到了何十一手上，不得不厚下脸皮讨生活。他本声如洪钟，又琢磨出门道，醒木、手巾、折扇，更是一学就会。省城说书，分清棚、雷棚：清棚重文，说烟粉传奇风情之事，讲究声、才、辩、博；雷棚讲金戈铁马，讲究模拟形容。说书人普遍善清棚便体态不协调，善雷棚却记不得唱词，只有何十一两门都会，渐渐风光起来。后来，他又自学金钱板，唯独学不会竹琴，要么左手跟不上，要么右手不灵活，不得要领。打听出锦春茶楼有个贾瞎子，连冯将军都称赞。何十一去亲眼见贾瞎子唱了一出，心服口服，待贾瞎子演完，他堵在门口，把手头的绝技来了一遍，贾瞎子说一个字，滥。何十一悄悄跟在他后头，睡在贾瞎子门口，听他演出，看他练功，贾瞎子某日竟对围墙上的何十一说，偷艺能偷出个啥子名堂。贾瞎子眼瞎，心却若明镜，何十一这才算是贾瞎子门生。何十一竹琴天赋，不及他的说书，却舍弃了说书，跟到贾瞎子，正是看中贾瞎子艺德，无论台下坐的布衣还是天子，都仗着眼瞎，不骄不谄。贾瞎子也看中何十一的踏实，等到第三个年头，贾瞎子将绝技都教给了何十一，便让他回去。何十一满心舍不得，却晓得师傅是想将竹琴之艺传出去，便带着本事回了故乡。

张二耕的事迹传到了何十一耳中，何十一在家排行十一，又誓言只招十一个弟子，前十个弟子要么半途而废，要么贪图名利，闻得铁牛门有个怪才，何十一迫不及待，拿起家什往铁牛门去。铁牛门门楼上放着两座铁铸水牛镇水患，故名铁牛门，四出门洞，背面有"海棠香国"四字，一时开处一城香，拱门外即是江河，张二耕睡在门洞里，已是须髯斑白。何十一岂能猜着眼前叫花子扮相的人就是张二耕，只以为他游荡在外，待黑夜才归来，于是屈腿坐到阶梯上等，迷迷糊糊间却听见有人唱：

昨日去赶场，遇到个大老爷。年纪不过十一二，头发胡子完全白。我们并排走，逢人便请客。客人不算多，只有两三百。先喝一台酒，喝了三年另六月。你那话在扯白，你说扯白就扯白。鸡罩扣蚊子，个都跑不得。弯刀打豆腐，斩了八个缺。牯牛下个儿，三天就犁得。灯草做纤索，一天犁到黑。

何十一打起拍子，那声音顿挫有韵，吐字圆润，嬉笑滑稽，欣喜地起了身子，四处打望来人，仍不见张二耕身影，循声望去，才知是门洞里的叫花子在唱。可这张二耕的年纪瞧上去与他一般大，怎好意思去收人做徒弟，灵机一动，斜抱竹琴，手拿筒板，唱道：

吕布带铁骑三千，飞奔来迎。王匡将军马列成阵势，勒马门旗下看时，见吕布出阵：头戴三叉束发紫金冠，体挂西川红锦百花袍，身披兽面吞头连环铠，腰系勒甲玲珑狮蛮带，弓箭随身，手持画戟，坐下嘶风赤兔马。果然是"人中吕布，马中赤兔"。

正是冯玉祥感慨贾瞎子所唱的那段，何十一唱曲时学师傅闭着眼睛，有如见到吕布兵临身前，击唱间竟吸引住了张二耕。他走到侧旁细细端详，好奇何十一的手指头如何那么灵活，不觉模拟动作，在臂膀上敲打，唱的是《三英战吕布》。张二耕儿时同父亲去戏园子听过，此时居然能跟着哼上几句，正来了兴趣，何十一却骤然停了下来，眯眼盯着那老顽童。

你拿的是啥子玩意儿，敲出的声音好生振奋。

唱罢离合悲欢，回首依然贾瞎子；拍开风花雪月，伤心谁问李龟年。可晓得贾瞎子？

弹竹琴的贾瞎子。

何十一显出兴奋，你竟然懂行。

不瞒这位哥老倌，相书、金钱板，我都略懂些门道。张二耕说来就来：一把手拉官人坐烧火板凳儿，夫妻俩对面把话说一盘儿。你的妻本是一根梭老二……可偏没有见过这竹琴，今日才算开了眼界。

张家未衰败时，张二耕的父亲张钊也好听戏曲，逢年过节，屋头都要来戏班子，自小耳濡目染，虽几十年不碰，却早已在心中生根发芽，而今不过是信手拈来，在何十一眼里却成了一个世外高人。而张二耕对何十一呢，也有几分崇敬，入戏时说马似马，说敌如临，谈话间却喜怒不形于色。惺惺惜惺惺，几句话下来二人便结下友谊，何十一请他去家里住，免得在铁牛门风吹日晒，张二耕自离开郭落坝便成了个流浪汉，居无定所，既然有人肯接济，又何尝不可，何况还能同他学竹琴技艺。

原来，这张二耕之疯是装疯，在郭落坝，若不装疯，女儿张雨鹭只能被逼得寻死，使出一计，吓跑了女儿，算到她定会去郭玉成屋头。一来张雨鹭怀的是郭玉成的骨肉，二来他收了自己的钱财，也不敢亏待张雨鹭。那日闹他一出，澄清郭玉成之死，只为堵住众人的嘴，而后离开郭落坝，为谋生，为破关于张雨鹭的流言。只可惜没有算准，郭禄贵色胆包天，竟打起张雨鹭的主意，没有算准，张雨鹭是个女娃子，女娃子的心思猜不得。夜深之时，也偶尔想起，他婆娘是死是活，身

135

在何处，感伤一番，翻个身子，他婆娘看的也是这轮月儿弯弯。

张二耕是块料子，早两年拜师必成一大人物。何十一教张二耕评书用了两日，竹琴用了五日，再花两日粗通别门曲艺，捡起金钱板只用了一日，算下来不过一旬，二人便能平起平坐。闲谈间，何十一也问起张二耕家世，张二耕只说无儿无女，何十一未必就信，但毕竟是别个的私事，不便多加过问。至此，何十一已了然张二耕的品行，日常问好请安，有模有样，多半是个落寞的贵人子弟。何十一倾尽所能，统统传授给张二耕。又去了半月，何十一提出给张二耕置个铺子，专科说书，零散摆几张桌椅，卖茶水钱，问张二耕喜欢哪一处，张二耕却想回铁牛门。

铁牛门底下的堵水台是个敞坝子，按何十一根正苗红的说法，那不入流。张二耕解释，若我真是块料子，进得了园子也守得住码头。人尽皆知，码头尽是哥老倌，张二耕见惯了这种人，口上讲江湖义气，私下却是利字当头，拉帮结派，诛杀异己，要想在码头上立住脚，第一关就要经得起这党人的折腾。袍哥原分仁、义、礼、智、信五堂，到这一年，只剩两堂，改称文、武。现今的两堂总舵爷叫杜尚武，其堂兄原是民团的团总，搞得到汉阳造的军火，他借操练护商队的由头，组了支民兵团，负责押送货物罩商家，因有正规军火撑腰，杜尚武说一，全城没的人敢说二。

张二耕择了个吉日，摆开摊子，先是传出风声，耍戏法的疯老汉拜在何十一门下，如今在铁牛门说书。都晓得这疯老汉口才了得，奔走相告，第一日座位就坐不下，熙熙攘攘，踮脚的，爬树的，张二耕说得也确实精彩，赢了满堂彩。第二天多摆些座位，依然是人山人海。老者些说，除了闹龙舟，就属你张二耕的说书喽。底下有人问，敲的是啥子东西，何十一捋一捋胡须，对竹琴做了一番解释，而且码头上赚的钱竟比开门面多，何十一数着钱，更是欢喜。

杜家场的哥子些还是找上门来了。哥佬些都是懂水的，假若张二耕一拉开摊子就上来找人家，讨不到好处，落得个臭名声，像是钓鱼儿一样，等你咬稳了诱饵，再扯线。按袍哥说法，娼妓、烧水烟的、修足掏耳朵的、耍把戏唱曲的，都是下等人，是不准在码头招生意的。说是那么说，可只要码头钱交得够，管你是二指手还是海翅子。杜家场的几哥子在码头上混了个脸熟，听书的都晓得是干啥子的，见了他们，纷纷躲开，一会儿就散了场。何十一见提火枪的打手，早吓得不知去向，场面上就留下几个袍哥和张二耕。张二耕不怵，醒目一拍，唱出《十八扯》：

137

正月里来是农忙，老婆婆下岩去栽秧。田头好像是平路，整得一身稀泥浆。二月里来是端阳，穆桂英大战生辰纲。美国兵淹死在高山上，曹操兵败太平洋。三月里来正立冬，狮子马灯和彩龙。鼓乐雷响惊天地，街头巷尾闹哄哄。四月里来是中秋，赵尔丰吊死在望江楼。胡敬德大战盐市口，孟姜女哭倒北门楼。五月里来是重阳，漫山遍野菊花黄。秦香莲舞起了金箍棒，降妖就在那飞虎岗……

句句颠倒，逗得袍哥也笑哈哈。末了，张二耕往木椅上一躺，扇子摇起，一副诸葛亮使空城计的模样，徐徐开口：来的尽是虾兵虾将，龙太子面前耍大刀。

此话当然惹恼了杜家场的哥子，么巴佬抽刀要冲上去，被领头的哥子一把拦住，抱着手怒道，莫给老子冒皮皮，听口音不像外地人，规矩不懂么？

张二耕把脚杆往桌上一跷，你我皆是讨口饭吃，我靠艺，你靠武，井水当不犯河水。

大爷跟你井水不犯河水，你当讨口子，老子靠忠义吃饭。

呵呵，谈啥子忠义，来，来。张二耕从口袋里掏出钱币，铺开在桌子上：不就是要这东西嘛，忠义都写在这上头。

么巴佬上前收起桌上的钱币，交到领头的哥子手中。领头的哥子掂量了一下，皮笑肉不笑地说，对喽，屁话少说，识相点。

在那帮人正要离开之时，张二耕喊，站到。

我看你杂种是想遭整。这下都冒火了，挽起袖子就要开干。

莫生气，大爷是怕你几哥子打背手，你堂主是叫杜尚武？

舵爷的名字哪个不晓得。

兄台占啥子？

哥哥让你死明白，哥哥占礼，堂口绰号刘疤疤。

那我老者你可晓得？

你还有老者？

义字辈的张钊。

次年春天，郭岛生的啼哭成为郭落坝罪孽的开端。上半月冬雪，下半月夏雨，嫩芽破土即蔫，郭禄贵伺候张雨鹭坐月子。十日之时，张雨鹭汗毛旺盛，唇须见长；二十日，乳房下垂，瘪如布袋；三十日，喉结竟凸了出来。满月之时，郭落坝上的人家避在家里，不敢送祝米，实亲躲不开，回家骇得脸色煞白，只道，造孽呀造孽，这娃娃生得一副怪模样。张雨鹭终究入了郭落祠的宗谱，请谱当天，张雨鹭盖着头巾，跪在牌位前，主笔诵读：《传》云："盛德必百代祀。"有后也。《书》云："以亲九族。"圣经云："亲亲，则诸父昆弟不怨。"休戚相关，是谱之不容缓叙明矣。吾族肇自黄帝，万派浮天，而蔚启人文，开自姬周。垂峰发地，而凝成祀裡，荷山川之灵，传于虢叔，丕箕裘之绪。逮乎子仪，家声永振，奕叶生贤……念毕，雷声阵阵。张雨鹭划入郭禄贵名下，原配窦氏，继配张氏，生子一，岛生。主笔诵读家训：孝父母，人非甚不肖，未有显然不孝父母者，然或阳修承顺之文，中鲜爱敬之实，此愈于不孝有几。吾所谓孝，内尽其诚，外竭其力，父母在，则委曲养志，父母殁，则哀慕终身。既以自责，兼以望族人尔。张雨鹭以男儿之声诵之，句句戳中痛楚。慎婚姻，男女匹配，人道伊始。凡我族中为男择妇，为女择婿，务期良善人家，父母素有教训者，方与之结姻。切不可误信匪人，致贻羞辱，亦不得妄攀豪贵，反受欺凌。主笔声厉如斥，张雨鹭如泣如诉。严承嗣，礼云：不孝有三，无后为大，明嗣续之，重也。不幸无嗣即当继嗣。但继嗣之法，亦应知亲疏，序分必亲。亲分不愿承继，方许另立疏房之贤者。切勿苟于一时，致贻争论于日后。自此郭落坝下尽了春耕的最后一滴雨，江河断流，草木罄尽，直至夏汛。

是夜，郭禄贵压在张雨鹭身上，油灯忽明忽暗。他从未进入过张雨鹭的身体，或互食，或指头儿消乏。自打张雨鹭肚子消下去，郭禄贵便夜夜淫欲焚身。

洪水浩荡，冲决了江堤，守坝人敲着铜锣喊逃命。坝上的人家醒来，水已淹至膝盖，往黄葛山去，怀山襄陵，闪电如虹，夜明如昼，几十天干旱的土地，迎来这么一场滔天洪水，泥沙浮游，再去看自家的房屋，连半片瓦都寻不见了。郭姓窦姓几家贫户扑通栽进水里，鬼哭神号，却发现那片孤岛若木舟似的漂浮起来，更有甚者见到岛心有座草棚，草棚前有牛，牛背上坐着男人，男人唱号子：哟——吼咿呀——嗨！

郭落坝来了个云游僧人，一问来路，与窦姓祖宗一山之隔，于是好生招待。春旱夏涝，粮食种不出，却也拿不出啥子东西，各家凑出些陈年米，煮一锅稀汤饭，把郭禄贵的遭遇诉说一番，求高僧如何化解。高僧只言了一句：如是灭度无量无数无边众生，实无众生得灭度者。高僧的话语郭落坝上的人听不出所以然。高僧又住了一日，致歉告辞。坝子上的丁口流失严重，饿死病死的，外出讨口的，余下老残，更是萧条，阴霾笼罩着坝子，如一只满是眼眼的木船在江上沉沉浮浮。高僧说不出所以然，巫婆却有化解之法。郭姓先人满清南迁至此，风调雨顺，五谷丰登，无疾病，无战乱，日本兵的飞机在天上转一圈又绕回去。此乃水土奉得好，上善若水。闰日之时，先人必会袚威盛容，祭天祭水，算下来，这仪式已有两代人没搞了。眼前饥荒，是有妖孽作怪，春耕闹旱，秋收洪涝，兴许是淫嗔之念，得罪了鬼神。不消说，坝子上的罪孽尽是姓张的所造。张雨鹭先被关到空荡荡的粮仓，由于身体强壮，一扇木门哪能关得住她，又派了三个汉子照看，再五花大绑，巫婆熬的黄纸汤，令其喝下，遂昏死了过去。而后便要去掘出郭玉成的尸体，由老人带头，一人一锄头，挖出的棺材烂掉了半边，白骨上尸肉还未消解，蛆虫横爬。巫婆念咒语，烧尸，抬起尸体一瞧，竟然是具女儿身，众人哗然。那尸体又经得烧，干柴不够，现砍树木。另一队人马去郭禄贵家里夺走婴儿郭岛生，牵走最后一条牛，郭禄贵拉着牛缰的手给生生打折。牛头祭祖，各家分得些牛肉。族长遣散众人，留下主笔和巫婆，三人将郭岛生摁进水里，溺死他竟花了一个时辰。糊上泥巴，搭个灶台，族长守在旁边，主笔去寻竹子划开作勺，巫婆作法。

张雨鹭的女性生殖器完全愈合。

我妈出生那年，世道骤变，老族长被赶出了祠堂，有人说他投了江，有人说他躲到了黄葛山。郭禄贵的坟包被一场大雨冲开，坟包裂成两半，郭禄贵的老尸在太阳下暴晒了数日。

那一年，妓女从了良，和尚还了俗，新乡长张二耕来视察郭落坝，他到来前头一天，乡民些赶走了孤岛上的阴阳人。

牛象坤

有挖挖机开过来，林孝吁了一声，待挖挖机开过去，林孝又接到想。想他骑在铁牛背高头，铁牛脖子上挂有铃铛，铁牛跛一脚，铃铛儿就当啷当啷响。行几步，铜河的波涛淹没了响声，林孝竖着耳朵，还不听见，便弓起腰杆去找，原来是叠进了脖上深深的皱子。他拨开皱子，托起牛下巴，道，铁牛，铁牛，好老咯。那铃铛是林孝赶轸溪场买的，夏天拾来谷草，搓成一绺，穿进铃铛，挂到铁牛脖子上，铁牛直摆脑壳，林孝还是给她挂上了。这样，铁牛在坪上啃草，林孝钻到拱桥下翻水，他只要听见铃铛响，就晓得牛还在。林孝想伸手拍牛屁股，他只要一拍牛屁股，铁牛即便瘸着腿，也会跑起来，跑起来颠得厉害，脊背会顶得他卵米子疼。林孝想伸手去拍，他哪里拍得着，他胯底下空无一物。太阳刚挂上枝头，他感到皮肤像刀刮般火辣辣。

　　林家的牛圈，干谷草铺了有一尺厚，铁牛躺在上面，四肢贴着肚皮，眼睑盖不住双目，林孝以为她醒着，就问，铁牛，你活成了妖，咋还不开腔嘞。铁牛反刍，嘴里嚼着，林孝当她是在说话。又问，房子要拆，拆了赔钱，有钱去县里买房子，像谭五儿一样，爷爷咋不愿意哦？晓得，爷爷是舍不得你。林孝他爷爷在屋里唤，林孝又瞧了眼铁牛圆鼓鼓的肚皮。谭五儿搬走后，那牛卖到屠宰场，刀子亮晃晃刺进牛肚子，往下一拉，肠子掉进了铁盆，热气在灯泡的光柱上绕，林孝等着谭五儿的牛拼命地叫一声，屠夫一刀刀割，往一块牛肉穿上钩子，递给林孝，牛是不会叫了。林家向着铜河，河堤上原本就只三户人，谭五儿搬走了，六指的铺子也拆了，现如今就只剩他们一户了。爷爷在唤，孝娃儿，低沉的嗓子仿佛长进了土里，那树，那草，连那月儿弯也在唤。林孝端起尿壶，来了，爷爷。六指搬走前两天，林孝他爷爷去六指铺子打酒，六指往漏斗里多斟了一勺，道，还剩满满晃晃一整缸，渡口几户人，就你好这口，明天天亮，我顺道把这缸子搬你屋口去。爷爷从布兜里又掏出几毛钱，酒是买的香。六指把溢出的酒擦净，瓶子立在案板上，迟迟不肯接过爷爷的钱。夏夜的风闯进

145

坳子里，呼啦呼啦同老山林缠绵。林孝他爷爷不走，六指竟然哭了起来。爷爷问六指，你娃卖酒不吃酒，叫啥子话，弄点花生米来，我俩整一盅。爷爷和六指在堂屋里喝了一宵的闷酒。六指多想说话，每每话至嘴边，就撞上爷爷脸上的皱纹，那道儿似枯了的河床，六指找啊找，终于瞟见了几珠亮晶晶。六指道，林老汉呀，你个倔呀。六指婆娘开始抱怨了，困死老娘了，又翻箱倒柜弄出声响。爷爷摇晃晃站了起来，胃里返出桂花香，腮上印着两片红，我也该回去咯，屋头娃娃等到在。六指望着林孝他爷爷钻进了夜里，举起秤砣哐当砸到了酒缸上，桂花酒淌出了门，淌进了铜河。林孝他爷爷觉得身后有人跟，年满花甲后，就总听到那声音，听得惯了，就半是劝慰半是壮胆地说，小鬼莫跟，时候到了老子不贪恋。走着走着，要到牛圈，听着听着，铁牛在叫唤，步子越近，铁牛越是挤得柱子摇。林孝他爷爷倒在了家门口。林孝他爷爷挨了村长一棍子，林孝知道是村长，他第二天就送钱来，堆着笑脸劝爷爷去医院，林孝他爷爷瘫在床上，拳头捶着床铺。林孝走了几里路把钱还回去，揣在身上厚厚一摞啊，林孝想不通，爷爷倔得像头牛。林孝他爷爷瘫在床上后，活路就都落在林孝肩上。林孝引着铁牛去水坑里滚泥，他背着箩筐，拾了些水柴，毛娃儿光脚板从晒坝上跑过，林孝喊住他，干啥子去？毛娃儿看也不看他，山上打熊喽。毛娃儿的话要信，毛娃儿说，宏儿淹死在水库里了，林孝第二天就见到宏儿他爸在镇上扯白布。毛娃儿说，谭建国睡错了床，侧黑点，谭建国的婆娘就举着菜刀跟到谭建国撵。毛娃儿的话哪回不是真的。毛娃儿说山上在打熊，那就必必是在打熊。他见过毛娃儿屋头的那张床，毛娃儿翻开褥子给他看，林孝瞧不出所以然，毛娃儿就指，脑壳、巴掌、肚皮、鸡儿，还有腿，毛娃儿又指到一撮白毛，打熊就往这里打，毛娃儿比画着枪的姿势，嘿，躺到！林孝听完木讷地离开，村长喊他留着吃饭也不应，一路跑回家，到自家牛圈，他弯下腰，又摸又瞅。毛娃儿说，山上在打熊。林孝在毛娃儿家见过了熊皮，可还没见过立着的熊，何况还有枪哟。铁牛身上浑身的泥，林孝不骑她，牵着她。林孝和铁牛还没走到林子，就被村长发现了。毛娃儿蹲在村长旁边，林孝瞧见树上一杆枪，荒草里一杆枪，岩石后头几杆枪，苞谷地被踏出了一条路，那一定是熊的身子闯出来的，林孝要是再往上走，他就能见到熊的脚印子，可是村长在向他挥手，毛娃儿更是要扔石头。林孝不敢走了，再走，指不定枪子就会打过来。林孝打算下山去，可铁牛却赖着不走，任他咋个拖。忽然，一声雷响，山在摇，林孝站都站不稳，村长也不再理他，毛娃儿哇地哭了出来，村长赶紧捂住他的嘴，漏出了一句话，熊来了！林孝趴下了身子，手里还攥着缰绳，铁牛在跺脚，铁牛在说话，喉咙里像是藏着个风箱，林孝多想长一对牛耳朵，那就能听懂铁牛在讲些啥子了。山摆动的幅度越来越小，雷声也渐远，树上的那杆枪泄了气，又跑脱了。荒草里的站了起来。毛娃儿被堵住的嘴也终于被释放，他顾不上吸气，冲着林孝骂，你个倒霉蛋。林孝刚要回嘴道，怪你自己不住声。村长从上面蹦了下来，影子盖住他，手掌捏住他的脑壳，村长牙齿咬得咯咯响，林孝的脑壳就像是被枪子穿过了一样，村长一句话也没有说，扛起枪下了山。林孝回去的路上对铁牛说，我晓得，是你给老熊通风报信的。她哞哞地叫上两声，铁牛是活成了妖。待铁牛身上的泥巴脱落，林孝又骑到了她背上，她的肺和他的肺长到了一堆，刚跑了两步，林孝就拉紧缰绳，歇一会儿。村长和几杆枪跑得飞快，林孝嘴里嚼着官司草，嘲笑毛娃儿跌跌撞撞地跟在他们屁股后。越往山下走，越是热，林孝的两扇屁股尽是铁牛的汗，铁牛的鼻子吭哧吭哧呼气，林孝从她背上翻下来，当啷当啷过桥，当啷当啷蹚汀。他边走边想，想毛娃儿说的，老熊见人说人话，见猪说猪话，见了牛说的就是牛话。老熊立人面前，先将人羞辱一通，再一掌拍死，晓毬得是羞死的还是拍死的。村长的影子真你妈高大，他可不就是只熊么。当嘟当嘟，脚抬起来再踩下去，听见皮肤吱吱地烧，林孝脱了衣裳。路啊，草啊，芭蕉林啊，像是铜河水般在眼前流淌，林孝嗅到啥子东西烧起来了，拐过弯弯，见着自家柴房的火苗子烧到了云上。日你妈哟！林屋少了这间柴房后，那牛圈咋个看都像是多余的。林孝他爷爷在大火过后就发烧，火像是还在他身上燎。林孝他爷爷唤，幺狗，幺狗端水来。林孝答说，你幺狗埋在了尖子山。爷爷又问，你娘呢？林孝答，我娘坐船下键为了。爷爷辗转反侧，过了半晌才问，你奶奶呢？林孝笑眯眯地说，拴在牛圈嘞，拴得牢牢的。林孝使热毛巾擦爷爷头上的倒汗，爷爷嘴里说，那就好，那就好。到半夜，爷爷又直直地坐起来讲胡话，林孝就和爷爷睡到了一张床，他抚着爷爷的背，爷爷哭号，小鬼莫来，小鬼莫来，时候还没有到。林孝就爬起来，去牛圈瞄一眼，回来抚着爷爷道，铁牛还在，铁牛还在。爷爷好久都没见过铁牛了，隔着一道堂屋门，就像是隔了堵城墙，铁牛也念他，她听见爷爷在呻唤，就答应，哞哞哞。铁牛是活成了妖，爷爷也活成了妖。

河堤上共三户人，谭家、六指家和林家。如今，谭五儿走了，六指也迁了。爷爷躺床上讲胡话，都走了，都走了，走干净了，漫了水，哪个还去报信哟。铜河第一次破堤，林卫国还没有上煤矿，林孝还在门角头舔糖鸡屎，六指还托人四处说媒，谭五儿还在种苞谷。那天，先发现漫水的是林卫国和林孝他爷爷，然后是六指，谭五儿白天干了活路，睡得死沉。他们就去撞他的门，喊醒后，林卫国就跟谭五儿和六指一路，一边跑，一边使锅、铲敲，敲一下，喊一声，漫水喽。林孝他爷爷则牵起铁牛往二郎庙跑，拢了二郎庙，招呼铁牛使牛角刨地，再跪到二郎神神龛前，一面磕头，一面说，铜河不闹，铜河不闹。铜河第一次破堤，六指还托人四处说媒，谭五儿还在种苞谷。现而今，谭五儿走了，六指也迁了，铜河闹得更凶了。头回决堤，部队下来了好些兵娃娃才堵到起，堵了决口，兵娃娃些没有走，就驻在大队头，兵娃娃只是在等汛期过。但村长再来，就拿那些兵娃娃提劲，说是高头铁了心要治铜河，要治铜河就得先把这干坎高的人家迁起走，谭五儿走了，六指也迁了，现而今，就只剩你们这一户人了。爷爷不开腔，叹出的气比涟漪还长。村长又说，国家大事哪个都耽搁不起，你开个口，你开个口，我就去传个话。爷爷的脸朝向墙，待我走了，待铁牛也走了，你送孝娃儿去镇上念书，这房子就可以平了。村长说，瞎扯，你这样子，怕是还要活好些年生哟。爷爷的肩起伏着，他躺在那里成了一座山，一座堡垒。村长起身在屋里转，好话歹话说尽了，村长唾口痰，求死容易求生难，兵娃娃是打仗的兵，收拾你个老者还不毬容易？

是呀，收拾个老者还不毬容易？林孝说，爷爷，我怕。爷爷说，孝娃，不怕，不怕，爷爷在，爷爷在，他们就拆不到这房子。林孝说，爷爷，我还是怕，怕我一觉醒来，你就不在了。爷爷说，孝娃，不怕，不怕，怕，怕你就想你爹。他就想，想爷爷以前跟他讲过的故事，想林卫国应该长啥子样子，想着想着，林卫国就钻到了他梦里头。林孝看到，林卫国趴在铁牛背上，他的脑壳扁得像把铲子，衣裳粘在肉高头，像是从肉里长出来的。爷爷要把那沾满血迹的衣裳扒下来，林卫国该嘶嘶地喊疼，他没有，泥土似的沉静。他的手无力地搭在铁牛脖颈上，身子随铁牛颠簸起伏。林孝看到，林卫国坐在铁牛背上，铁牛在跑，后头有人追，林卫国一边笑，一边回头，林卫国笑起来，跟林孝一模样，林卫国嫌铁牛跑得不够快，就使一株豁麻草拍打牛屁股，豁麻草一拍，铁牛的后蹄就翻了起来，林卫国从铁牛脑壳顶翻了出去，滚到地上。见铁牛的前蹄就要踩下来，林卫国闭到眼睛，把身子缩成一团，铁牛将要踩下去，又没

151

有踩下去，再睁开眼，铁牛已经睡在地上，呼呼呼地直喘气。他看到，牛贩子上门的那个晌午，爷爷引着牛贩子去了牛圈，铁牛缩到边边上。牛贩子问，害病了？爷爷说，灵光得很，见了你吓着了。牛贩子从裤腰抽出鞭子，鞭子在空中一抖，再一抽，那一抽，抽到了爷爷的心上，抽到了林卫国的心上，铁牛撞到木栏上，把木桩子挤得摇来晃去。牛贩子收起了鞭子，爷爷递上一支旱烟，再弓腰划着火柴替他点上。牛贩子的烟吐到爷爷脸上，熏出了泪。牛贩子问，卖去犁地么，还是卖去屠宰？爷爷瞧着林卫国，林卫国瞧着林孝他娘，林孝他娘问牛贩子，哪条路子卖得起价？牛贩子答，你这瘸牛，卖去犁地，可卖不起啥子好价钱，而且那些买主，都是给一半，赊一半。林孝他娘就说，送屠宰场去，送屠宰场去。林卫国巴望着爷爷，爷爷向着铁牛，从逼仄的声带里挤出断续的声气，嗯，嗯。爷爷把铺盖卷到了牛圈，铁牛睡得正香，身子微微颤了下，爷爷咕噜闷下一口酒，想说些啥子，却因为铁牛的沉默，全堵在了喉咙头。爷爷难受，掀开铺盖，往林卫国的房间走，走到房间门口，听到里头在哭，在说，这怀的，可是你的种。爷爷想敲门又没敲，又回到牛圈，再躺下的时候，才见到铁牛睁着的双眼以及眼角淌过的泪痕。在那双眼睛头，有挹峨村的一草一木，有挹峨村的男人女人，有未

152

出生的孩子和已去世的老者。林卫国是在鸡打鸣的时候找到了爷爷，他说，他想通了，他要到老六婆的矿上去，铁牛还是留到起。林孝看到，林卫国上矿山之前，为铁牛扯了最后一筐草，他俯下身子去瞧铁牛的瘸腿，骨头顶出一道凸，他一边抚，一边问，铁牛，铁牛，这么多年，你就一点也不痛么？林孝看到，林卫国走的时候，头也没回，埋起脑壳只顾走。爷爷说，慢点走，天黑前能赶到的。林孝他娘说，个负心汉，矿石打死你狗日的，猪日的，牛日的。林孝看到，那个下午，林卫国睡得昏昏沉，别个喊，下井喽，他就胡乱地披上一件单衣裳，跟到走。林卫国坐在机车上，那机车在往地下钻，往黑暗里钻，机车停在了某一处，林卫国翻下车，踩到了积水上，一下就醒了瞌睡，把脚缩了回来，人些尽都回到了车上。有人喊，下头有水，下头有水，倒回去，倒回去，这声音像是在黑暗里迷了路，人些慌乱了，拿起锥子敲在机车上，然后一声巨响。林孝看到，爷爷走过一具又一具尸体，最后停在了某一具前头，他认出了那件单衣裳，认出了林卫国。林孝看到，林卫国趴在铁牛背上，他的脑壳扁得像把铲子，手无力地搭在铁牛脖颈上。铁牛一路走，一路啜泣，她是在哭自己的牛崽子。

太阳刚挂上枝头，林孝感到皮肤像刀刮般火辣辣，他是夜半时候就爬起来的，他听到铁牛的啜泣，就爬起来了，已经晚了，牛圈头只剩一道挣扎过的痕迹，他快把这村子都找遍了，仍没有找到铁牛，别说铁牛了，连个人影子都没有看到。热浪拨动着芦苇，他嗅到了烧袱纸的气味，热浪拨动着芦苇，他看到毛娃光脚板跑了过来，他问毛娃，你看到我屋头的铁牛没有？毛娃没回答他，边跑边说，那头在做法事，那头在做法事。林孝就跟到跑，他想，不是他在跑，是他骑在铁牛身上，铁牛在跑，他又听到了当啷当啷响。越跑，那股袱纸的气味就越浓；越跑，嘈杂声就越大；越跑，他仿佛不单听到了当啷当啷响，还听到了铁牛在呻唤。他又唤了声，吁，然后，就生生摔到了地上，手倒拐磕到了白鹅石上，痛得天旋地转。铁牛滚烫的呼吸仿若同他的呼吸交织在了一起，铁牛的鼻子仿若凑了过来，铁牛的舌头仿若舔到他的脸上，耳朵头只听见嗡嗡嗡的声响。在原先的决口处，站着村长、毛娃、六指、谭五儿，还有挹峨村所有的村民和法师。法师敬天地，人些纷纷跪了下去。法师燃黄纸，烟子散于风中，树开始摇，铜河愤怒地抵抗，猛烈地撞击着堤岸。法师口中念咒，铁牛解绑。牛贩子走到板车处，解开铁牛腿腿上的绳索。法师拂尘一舞，有如鹤飞过，使纸灰汤点过铁牛脑门心。牛贩子牵起缰绳。铁牛起身，使牛角蹭了蹭瘸腿，随后就乖乖儿跟到牛贩子走，跟到法师走。林孝在铁牛木讷的眼睛里，看到了挹峨村的一草一木，看到了挹峨村的男人和女人，看到了挹峨村未出生的孩子和已去世的老者。林孝忍到痛，忍到痛，爬起来，喊，牛儿，牛儿，那是我屋头的牛儿。刚一出口，就听到轰的一声，不是堤垮了，而是他的屋垮了。

桑塔纳

1

正月十五，泥瓦匠杨旭辉要在城隍庙请婚酒，杨旭辉是二婚，只请了娘家人和这头的实亲，十五桌人。敖兴权仍头天就备好了凉菜和食材，睡前特地去跟敖俊飞打招呼，喊他第二天早点起床，随他们一路去打下手。正月十五天不亮，敖兴权跟女人敖香兰一起，把家什些搬上车，再去敲敖俊飞的门，里头不应，敖俊飞把门反锁了，敖香兰隔门骂了两声，被敖兴权拉起走了。走出木楼，敖香兰叹了口气："哎，孽障。"敖兴权冲手吐了口唾沫，说："再有两天就开学了，开了学就睡不到懒瞌睡咯。"说完，把板车牵绳斜套到胸口，再将把手一压，嘿哧嘿哧朝乡场走，敖香兰裹好头巾，也跟了上去。

城隍庙正正在三峨山山脚，庙子已经拆掉了，只剩几处残垣，这块敞坝子"文革"时作过批斗会的场地，在不同年岁的人口中有不同的喊法，三四十岁的人管它叫翻身台，再年长些或再年轻些的人仍管它叫城隍庙。这里是乡场的西场口，在铜河坎与榨油坊的交叉口，铜河坎往山上走是桑树坪中学，榨油坊不再是作坊，成了一条街，两旁多是茶铺子，桑树坪的人喜欢在这里办喜宴，因为这里宽敞，也因为这里鞭炮一响，满场的人都晓得。敖兴权依一截残垣搭了厨棚，将食材与锅具分门别类摆好，敖香兰在灶炉旁发火，帮工些已将桌椅板凳从车上卸下来，他们常帮敖兴权打下手，不消分派活路，各自忙开了。不一会儿，杨旭辉与他的几个弟兄就到了，若不是杨旭辉穿了一身西装，敖兴权是分辨不出他们哪个是哪个的。杨旭辉走到厨棚，递上红封封与喜烟，说："老哥哥，今天就劳驾你咯。"声音有些发颤。那腔调令敖兴权汗毛倒竖，敖兴权没去接，只让他放案子上。杨旭辉哈腰照办。借着灯泡的亮光，敖兴权才看清他的滑稽相，衣裳不咋合身，且眼角贴着邦迪，便贫了一句："还没有过门，就遭划道口子哦。"杨旭辉说："自己磕到的，自己磕到的。"转身走了。他走开后，敖兴权才放了菜刀，将红封封启开看了眼，递给灶炉旁的女人，又将喜烟拆开，拍了一支出来。几个菜农走来，杨旭辉几弟兄站在榨油坊路口，高声道："吃烟，吃烟。"敖香兰打着扇子，瞥着那头，细声奚落："娶个婊子，有啥子好张扬的。"敖兴权干咳几声，回到案子边。过路的人渐渐多起来，杨旭辉挨递散烟，那边是交谈声，这边是菜板笃笃响。过了约莫半个钟头，榨油坊另一头走来两人，冲杨旭辉喊："新郎官，车子来咯。"杨旭辉答应着跑过去，他弟弟杨旭伦点燃火铳，连放三响，尚未开眠的桑树坪似若抖了一下，敖兴权手上的菜刀一斜，切到了指头，随口骂了句娘。

　　杨旭辉要娶的是黄丽花，只有他管她叫黄丽花，别的人喊她黄铃铛。黄铃铛是上游铜茨乡的人，三天前，她就回娘屋了，等着杨旭辉租的桑塔纳去接她，不单是桑塔纳，杨旭辉还租了一辆中巴，这是黄铃铛要求的，她要把娘屋头的人都请到，要等他们晓得，她黄铃铛也嫁人了。黄铃铛嫁人，无论在铜茨乡，还是在桑树坪，都可说是条新闻，黄铃铛过去在县城的绿岛舞厅干过，去年才来的桑树坪，在那榨油坊的一间荤茶铺头做了一年的小姐，喜宴就摆在榨油坊当头的城隍庙，这要求也是她提的，要等荤茶铺的茶客些晓得，她黄铃铛也嫁人了。黄铃铛过往的经历，杨旭辉都晓得，可他不在乎，至少看上去是这样，事实上，更多人疑惑的，并不是杨旭辉咋个肯娶黄铃铛，而是黄铃铛咋个肯嫁杨旭辉？杨旭辉是个手艺人，挣得不多，平日间周身还都是脏兮兮的，只一点好——老实。也是因为老实，前一个婆娘跟化肥贩子庞老六好上了他都不晓得，别人点醒他，他还不肯信。直到半年前的某天，他只做了半天工，提前回去，撞见了他俩，庞老六提起裤儿跑了，他婆娘反倒理直气壮地吵嚷着要跟他离婚，他憋着气，一心只想着咋个圆场。那天晚上，他把女儿引到幺弟杨旭伦屋头去，让婆娘住女儿的房间，喊她再思量下。第二天，他婆娘提起箱子就走了，人些都以为会闹出人命，还传话喊庞老六躲一阵，可啥子都没有发生。两个月前，他婆娘又出现在了乡场上，是回来跟杨旭辉办离婚手续的。杨旭辉是咋个认识黄铃铛的，黄铃铛又咋会瞧得起杨旭辉这样一个老实人？何况，何况这黄铃铛比杨旭辉小了将近十岁，比他女子也大不到好多。有些零碎话是极下流歹毒的，杨旭辉装作听不见，他想，只要这出婚礼不出漏子，往后的言语慢慢就会拿顺。

十点过，夫家的实亲些陆续到场，一些人赶了礼就走了，留下的人由水烟师招呼着，引到方桌子上打牌，敖兴权点了点人头，不到二十人，只怕连这十五桌都坐不满。十一点钟，凉菜已摆好盘，整齐地搁在案子上，打牌的人些不时朝榨油坊望，榨油坊两边的茶铺子已经坐满了人，坐外间的尽是老朽些，老朽些咬着烟杆，也望到这头。"咋个还没有来？"敖兴权的女人问。敖兴权正码放蒸菜，说："多半是娘家讨彩礼耽搁了。"敖香兰说："我问那孽障。"她扶腰起身，又道："来了，来了，你看他那身扮相。"

敖俊飞穿了一条牛仔裤，上身套了件泛黄的白毛衣和印着明星头像的棉马甲，头发抹过发胶，长得叉了耳，一双手插在屁股兜里，背微微驼着，像是要避开什么似的，迈着八字步。站在路口的杨旭伦打量着他，歪起嘴巴笑，待他走近，拍打他肩膀，高声说："飞仔，吃杆烟么？"敖俊飞睃眼厨棚那头，摆手说："吃不来。"

只要敖俊飞不读书，敖兴权每回出活路都要喊他帮做墩子，二天好接班，可这次敖俊飞抓了把瓜子，没过来，往牌桌子去了。"个懒眉懒眼物。"敖香兰擗了根荆条，一副要去打敖俊飞的样子。敖兴权忙挡到她，侧边正㸑着鸡公的帮工嘻嘻地笑，遭敖兴权睃了一眼。敖香兰丢了荆条，仍不解气。敖兴权装模作样喊了两声："俊飞，俊飞。"牌客看了过来，敖俊飞却没有回头。"再有两天就开学了。"敖兴权重复说着。

从桑树坪到铜茨乡，不到二十里的路程，即便车子开得慢，即便在娘屋头耽搁些时候，三个小时也足够往返了，可杨旭辉早上六点半上路，已过十二点，仍不见人影。杨旭伦一会儿在牌桌子旁站着，一会儿在厨棚看看，一会儿又立榨油坊路口巴望，后来干脆到省道去守着。茶铺里的老朽些陆续结账，回家吃晌午，榨油坊暂时清静下来，那边一清静，这边空荡荡的宴席就更尴尬了，打牌的实亲些也焦急起来，却又不好意思大声议论，只在某人亮出大牌后，惊讶几声，再捎带一句："这旭辉走路去的么？"锑锅里的开水咕嘟嘟地冒，肉呀菜呀都备好了，敖兴权不晓得杨旭辉好久才把新娘子接得回来，不敢下锅，只得盖住灶炉风口，吩咐帮工些将果盘收了，先把凉菜端上去。敖香兰也去帮到摆桌子，方才烧火烧得她发热，她把袄子敞开，头巾解了，满脑壳的银发格外扎眼，嘴里嘀嘀咕咕的。

敖俊飞手里的瓜子磕完了，他本想再去抓点，果盘已经收了，便把一双手重又插到屁股兜里，他瘦筋筋的，在两个高大的中年人之间，硬生生挤出了一道缝隙。牌桌子上，一人将"4"看成了"A"，亮牌时才发觉，正悔得哎呀哎呀直叹气，看的人嬉他是睁眼瞎，这阵喧闹一会儿就过了。二轮发完牌，方才看错牌的人幽幽道出一句："别是路上出事情咯。"他意识到这话说错了，赶紧清了清嗓。敖俊飞把手抽了出来，垂着不是，抱在胸前也不是，他侧边一人喷嘴接话："也该回来了。"好几个人都伸长颈项打望，敖俊飞故作镇定，将手握在一起，哈了口气，身子仍有些颤抖，没一会儿，便从两个中年人间退了出来，他也望向榨油坊，耸了耸鼻子。敖香兰正巧从他身旁过，他没有留意到，只听见敖香兰说："你爹忙得上气不接下气，真当自己是稀客么？"敖香兰说得小声，自言自语般。敖俊飞这才发觉，敖兴权正注视着他，忙挪开眼神，盯到地下，使脚尖拨弄起一块石子，敖香兰每从他身边过，仍是嘀嘀咕咕的，敖俊飞忍到起，没有理会她，猛一脚把石子踢出了坝子。突然一声鞭炮响，原来是水烟师闲得无聊，从百响炮上摘了一枚下来，放起耍。敖俊飞瞟眼厨棚，他爹正跟帮工交代啥子，趁着这工夫，敖俊飞快走向铜河坎。"敖俊飞，你朝哪儿跑？"是他娘敖香兰在喊，敖香兰总这样，那双眼睛像是时刻都盯着他。他没有住步。

"回来了，回来了。"

回来的是杨旭伦和他妻子，二人一前一后地走着，杨旭伦走几步就转头去跟他妻子说两句，商量着什么。牌桌子上的人些先后丢了手头的牌，站了起来，只一个似乎拿了大牌的人在抱怨，拉扯旁人的袖口，劝说把这盘打完，没的人搭他的白。正端盘子的帮工些也停了下来。坐在石墩上的水烟师忙起身，拍打屁股上的尘土。敖兴权弓腰睃，然后返身去把蒸菜搁到蒸屉上。本已走到坡上的敖俊飞回转身，看着杨旭伦。

所有人都在看着杨旭伦。杨旭伦过来跟水烟师言语了几句，随即朝众人打了个拱手："亲友客伙些，我们这头先吃到。"没有做过多解释。一人随口问："不等了？"杨旭伦气汹汹说："放炮。"水烟师颂："嘉礼初成，良缘遂缔。"点燃挂在小叶榕上的百响炮。竟有人窃笑起来，谁都没参加过这样的婚宴。

2

"该不会冲到崖底下去了么？"方才谭涛这么问的时候，曹树成干脆地答说："不会，熊猫是老司机。"

那辆桑塔纳是熊老六的，熊猫是他们给他起的绰号。熊老六在南方走私过彩电，前年才回来，用挣得的钱买了这辆桑塔纳，跑县城到周边乡场的客运。熊老六平日把车停在自己搭的车棚头，车棚有道铁门，上头有把挂锁，这拦不住这俩家伙，谭涛是开锁的好手，曹树成是玩机械的好手。头天晚上，两人去给熊老六的车子做了手脚，把刹车油管车松了，曹树成估计，跑到铜茨乡，刹车就会失灵，熊猫该会察觉到的。

"熊猫该不会猜疑到我们身上么？"谭涛又在问。

他俩正躺在中学围墙边蔫耷耷的干草垛上吃烟，天是灰白的，曹树成深吸一口，听见烟丝滋啦响，嘴里吐出个烟圈，脑海里似乎仍在想着谭涛的前一个问题，重复了一遍："熊猫是老司机，肯定会发觉的。"

谭涛伸手去夺曹树成手里最后的一点烟屁股，掐到了烟头，一甩手，将烟屁股打落到了草垛上，两人惊慌地爬起来，将火苗踩熄。

谭涛忽然笑起来，伸了个懒腰，趔到地上，说："把这学校一并烧了才好。"

"要真是一车人滚到崖底下了，该你去坐牢么还是我去坐牢？"曹树成弯腰察看还有没有火星子，忽然冒出一句。

谭涛还没回答，坡下便传来了鞭炮声，他疾步朝杨红走。曹树成也纵身跳了下来，趔趔跌跌跟着跑过去。

杨红正坐在一块青石坎上，穿的是连帽衫，帽子戴在头上，正好露出帽子底下使中性笔写的五个字——青春是种痛。字迹已经很淡了。她手边搁了一口袋炒花生，她在这里坐了有两三个小时了，脚下有一堆花生壳，她并没有因鞭炮声而起身。

"回来了？"谭涛紧紧地盯着坡下。

"没有，"杨红两手揉搓掉花生膜，再一粒粒放到嘴里，"只看到我幺爸。"

炮放完了，但仍有回响。谭涛盘腿坐到了她旁边，说："你老者都没有到，他们就开吃了？"

杨红笑着说："你看敖俊飞，他望到我们在。"

谭涛说："一副偷狗相。"

"他爹要晓得你这样讲，非提起菜刀跟到你撵。"

"昨晚上他没跟我们一路。"

"咋个喃？"杨红转头看着他。

"我们喊他，他老娘也跑出来了，就这样拽到他。"谭涛扯着杨红的袖口比画，"说要开学了，喊我们不要再伙起她飞儿耍。"谭涛说"飞儿"两字时，学着敖香兰的腔调。

杨红咯咯咯地笑。

谭涛接到说："他挤扯了几下，他爹也按下来了……"

"他爹也望到我们在。"曹树成打断了谭涛的话，他在他们身后站了有一会儿了。

杨红与谭涛也去瞄敖兴权，敖兴权勾着腰，一边捞锅里的腊肉，一边偏起脑壳望他们。

曹树成说："他爹兴许晓得这事情。"

谭涛吐了口痰，说："关他爹毬相干。"

曹树成说："我回去了。"

杨红揭了帽子，车身问："你回去干啥子？"

165

曹树成说："回去吃了晌午再来。"

"敖俊飞等下要给我们带饭来。"杨红又坐正，将一双马尾辫拨到了肩上。

曹树成一只脚在地上蹭来蹭去，犹豫了会儿，说："我还是回去一趟，我爹等到我在。"他没有走铜河坎，而是从另一条山道回去。

曹树成走后，谭涛伸手绕过杨红的腰，将那袋炒花生提了过来，放到了两人中间，杨红的身子紧绷了一下，赶紧随便找了个话头来掩饰："有十二点钟了？"

"怕要打一点钟咯。"谭涛剥着花生，看着曹树成的背影，沉默了片刻，"虼蚤虚火了。"

"虚火啥子？"杨红侧脸看他。

"起头他问我，要是车子栽到了崖底下，该哪个去坐牢？"谭涛盯着杨红的脸。

杨红愣到起了，回过神来，冷笑了一声："我去。"

谭涛借曹树成的话说："不会的，熊猫是老司机。"

谭涛仍盯着杨红的脸，杨红又把帽子戴了起来。

"你爹打你了？"谭涛问。

过了好一会儿，杨红才说："我先打的他。"

在两人的脚下，稀稀落落有几株柑橘树，再往下是荒草和菜地，临山脚有片茂盛的竹林，竹叶子有青有黄。城隍庙的坝子上三桌人也没有坐得满，剩下的十几

166

桌都空着。坝子前有两块础石和一株小叶榕，础石是过去立石狮子的地方，石狮子已经毁了，小叶榕也是过去就有的，如今倒还发出了新芽子，树下有几个小瘤娃在拾捡没有燃过的火炮。榨油坊又有三三两两的人在走动了，几个人径直钻到茶馆里，还有几个人站在街中央，看稀奇一般看着城隍庙的空桌子。榨油坊分成了两条道，倒左拐是米市巷，米市巷愈走愈窄，被密密的房子切成了更窄的巷子，倒右拐是烟市街，烟市街两边多是带庭院的宅子，愈走愈宽，尽头就是下马台市场。这天不逢集，但因是元宵，也还闹热，再往外走，就出场口了，一条新铺的柏油路接着103省道，省道上一连过了好几辆货车。

杨红也不晓得黄铃铛是咋个缠上他爹的，开先的时候，黄铃铛跟她幺爸搅，她爹妈还没有离婚，常在屋头议论，还帮到她幺娘出主意，那时，她就知道黄铃铛是哪个，是做啥子的。后来，她妈跟她爹离婚了，她本该恨她妈的，可愈恨愈思念，渐渐地，她就以为是她爹的过，是她爹太窝囊了，连自己的女人都守不住。她妈离家后，他们父女俩的日子并没有变得多么凄凉，甚至，因为她幺爸的缘故，某些方面，他们的生活比以前更好了，她的书本费、学杂费是她幺爸帮忙缴的，她的零花钱是她幺爸给的，她爹若是出远工，她也食住在她幺爸屋头。另外，家里报纸糊的窗户换了，跛脚桌椅也换了，还添了台二十一寸的彩电，都是她么爸出的钱。她么爸口头上说是借给他们的，可从没见过她爹打欠条，事情的蹊跷就是在这里。她妈回来办了离婚手续，没隔好久，她爹就把黄铃铛引到屋头来了，先让她喊姐姐，后来让她喊黄孃孃，再后来，她爹就说，黄铃铛是她新妈。黄铃铛没跟她爹睡一张床，又时常不归屋，她没把她爹的话当真，只当黄铃铛是个远房亲戚，直到旧历年年底某天晚上，她么爸么娘来找她爹和黄铃铛谈话，都是作古正经的模样。她贴在寝室门上听，才晓得他爹跟黄铃铛已经扯了证了，她还想听，可她么爸来把她领出去了，他们转了一大圈，她心事重重，她看出来，她么爸也是心事重重，再回去时，就见到黄铃铛把东西往她爹的房间里搬，从那天起，她爹跟黄铃铛就睡一张床了。黄铃铛兴许已经定下心要跟她爹过了，要不然不会要求办一场婚宴，她爹兴许也已经定下心跟黄铃铛过了，再随她咋个作梗都没的用。这场婚宴前两天，她爹引她去买了件新衣裳，那天黄铃铛已经回娘屋了，夜饭时候，她爹就说，过两天要摆九大碗，让她到时把新衣裳穿起。她问她爹，为啥子摆九大碗？她爹没有开腔。她说，遍街的人都议论，黄……黄铃铛以前是卖油珠茶的。她爹仍没有开腔。她又说，新衣裳的钱，也是么爸给的？她爹放了筷子，一双手靠到桌子上，低到脑壳，呼气声渐大，猛地趁起来，隔到桌子搋了她一辣耳，再两步跨到她侧边，捏到她下巴说，老子的辛苦钱。她没有哭，她在笑，她一笑，她爹更是生气，越捏越重，她顺手抓起碗，朝她爹额头栽，她爹嘶一声，捂到眉毛，血顺到指缝流。或许是出于害怕，或许是出于心疼，她伸出手去，想拽他的衣角，又缩了回来，然后起身回了自己的房间。她想，她爹从没有打过她，这是头一回。她想，她爹的手头硬是重啊，她爹硬是狠心呀。她想，有了这一辣耳，她就更有理由恨她爹了，更有理由了，更有理由了。她咬紧牙关，把新买的衣裳取出来，把剪子找出来，一剪刀下去，她爹拉亮了灯，灯光溢进门缝，又一剪刀下去，水管打开了，水哗啦啦地流，再一剪刀下去，她爹拿起扫把，在扫地上的碎碗。她钻到了铺盖头，啥子都听不见了。她想，她爹真是窝囊呀。

杨红说："滚到崖底下去了更好。"

3

昨天上午，杨红跟他们说，黄铃铛在屋头神气得很，想杀一杀她的威风，整她一出洋相。昨天晚上，他没有随涛子和虼蚤去，但他晓得，虼蚤松了桑塔纳的刹车，虼蚤说的是，保他们有去无回，只是一句玩笑，虼蚤没有那意思，至少在那刻时候，他们也不会当成那意思，他们谁都没有怀疑过熊猫的车技，谁都没有想过，这样做还可能有别的后果。这会儿，敖俊飞脑海里反复回想起虼蚤的话，"保他们有去无回"。他记得这句话，他相信，谭涛也记得，杨红也记得。山上俯冲下来的寒气从他的鼻孔灌进去，直插眉心，他打望一眼坡上，缩着颈项走回坝子。

百响炮放完，人些仍盯着小叶榕，那炮声若无穷无尽地响下去就好了。只敖香兰端起盘子在走动，只她在不住地说着什么，当然没有人仔细去听她说的话，没有人把注意力放在个疯婆子身上。水烟师强笑着，张开嘴想唱两句，许是觉得唱词不合适，清了清嗓，又收起了笑容，等着主家发话。杨旭伦看向敖兴权，高声道："神起咋子，上菜。"众人仍无动静，杨旭伦拍桌子又吼了声："都来坐到。"

这一声吼把敖俊飞也吓到了。平时，杨旭伦脸上总挂着笑，待人出奇地热情，似乎所有的玩笑都是为了衬托某一刻的严肃，为了在某一刻将享受过那种热情的人镇住。敖俊飞上一次见到他这副模样是在三年前，桑树坪石料场赶夜工，那晚上大雾，翻斗车司机在卸砂石的时候，没有看清车后有个十六七岁的小工在指挥，一车砂石倒下去，将小工生埋了，再挖出来已经断了气，那小工是敖家寨的，同敖俊飞还沾点亲。第二天，小工的父母领起敖家寨一众亲友去堵石料场，敖俊飞也去凑闹热。白天，来了几拨工头谈和，都没有谈得妥，到侧黑时候，杨旭伦骑一辆嘉陵摩托来了，他独自来的，没有带别的人。起先，他们都以为杨旭伦是来帮到本乡人说话的，毕竟那石料场老板是县城人，可敖俊飞越看越不对劲，杨旭伦绷起一张脸朝死者父母去，别个招呼他，他只微微点一下头。他将一双手背到了身后，亮出腰间的银色甩刀，一边走，还一边环视周围的面孔，敖俊飞赶紧从砂石堆趖下去，一路跑回敖家寨。翌日，敖俊飞果就听说纠纷解决了，石料场最终一分钱也没有赔，只是让死者的哥哥去接替死者的工作。

敖俊飞打了个寒战，将马甲衣领立起来，绕开杨旭伦，朝厨棚去。

"飞机，"杨旭伦在叫他，"今早看到过杨红没有？"

敖俊飞脚趾都抠紧了，回身规规矩矩地答："旭伦叔，没有看到过。"

杨旭伦仍盯到他。

敖俊飞竟像学生见着老师般，鞠了个躬。

杨旭伦抬了抬下巴，说："忙你的。"

敖俊飞舒了口气，喷了喷鼻子，他忽然发觉所有人的目光都投到了他身上，他搓了把脸，躲到满是水蒸气的厨棚里。

敖兴权睃见敖俊飞走了过来，锅里的青油正飘着烟，他熟练地使铲子将佐料撮到油锅里，待冒出香气，再倒入一盆拌好的酱料，一双手把住铲柄翻搅。

敖俊飞退了两步，避免油珠溅到他身上，说："我帮得到啥子？"

敖兴权没有开腔，缓缓跕下去，将灶炉风孔车小，再撑着案子起身，打了个趔趄。

敖俊飞上前搀到他。

"盘子端过来。"敖兴权拿起汤瓢。

敖俊飞将装着酥鱼的三个盘子搁到了他身前，再取了一副袖套戴起。

"昨下午，谭家娃跟曹家娃来找你干啥子？"敖兴权舀起酱汁淋到酥鱼上，他习惯管这些十来岁的人叫"某家娃"。

"我没有去。"

"我晓得你没有去，我是问，他们喊你去干啥子？"

"不晓得。"敖俊飞拿起钩子，揭开锑锅，戳了下正炖着的蹄花。

"炻没有？"

172

"没有。"

敖兴权挥手招呼帮工，再放下汤瓢，拿过敖俊飞手头的钩子，拂开水蒸气，伸进去又戳了下，再盖上锅盖，细声问："是他几个使的坏么？"

"使啥子坏？"

敖兴权朝空桌子努下巴。

"你莫乱讲。"敖俊飞又补说："我不晓得。"

敖兴权抵他一下，指着案子上剩下的一盘鱼说："给杨旭伦那桌端过去。"凑到他耳边，"说杨红在中学门口耍。"见敖俊飞瞪着眼不动，又推了他一下。

敖兴权真是假老好，心思都阴在肚皮头，敖俊飞端着盘子，几步一回头，他比不得谭涛和曹树成，也比不得杨红，他不敢真跟他参骘，而且，这事情已远超出他们的料想，除了同杨旭伦坦白，他想不出还有啥子别的办法。

桌上已摆满了菜，几人同时伸出手，挪出个位置来，敖俊飞将那盘鱼坐到了中间，睃眼敖兴权，又睃眼杨旭伦，轻声喊："旭伦叔。"

杨旭伦没有答应。

敖俊飞又喊："旭伦叔。"

杨旭伦起身，笑了起来。

4

"呀，这下真回来了。"是谭涛先看到车队。

十多辆挂着红绸的摩托车拐过弯来，每辆后座都坐了两三个人，还有几辆前头的油箱也坐着娃娃，到岔路口熄火停下。尾车下来一对男女，男的着西装，女的着大红衣裳，争执了几句，确切说，是女的指责了男的几句，便气咻咻地在前头走。男的没去追，他从布口袋里掏出香烟，散给司机，并一人给了个红包，取了一挂土炮出来，铺在柏油路上，跟侧边二人耳语几句，那二人上前将女的拉住，男的将土炮点燃，再小跑着追上众人，沿烟市街往城隍庙走。

杨红先是望起脑壳，再一手撑到青石坎，想要站起来，谭涛俯身拽了她一把，杨红踮起脚，循着谭涛手指的方向看过去，问："哪个是黄铃铛？"

"红衣裳的。"

"个骚鸡婆，坐起摩托车回来，还跩得很的样子。"

谭涛噗地一笑。

"你笑啥子？"

"那是你新妈，你骂她是骚鸡婆。"

"呸，你新妈才是她。"杨红睖他一眼。

"我爹要是给我找个黄铃铛这样的新妈，我非去三佛寺烧炷高香。"谭涛返身往草垛去，"你莫再在那儿杵到起，担怕你爹看到。"

那一行人已拐到榨油坊了，杨旭辉正紧跟黄铃铛，似乎在劝说着。

"看到又咋个？"杨红嘴上这么说，却也返身随谭涛走，"他敢咋子？"

谭涛放缓步子，等着杨红，问："你咋个打你爹的？"

"使碗打的。"

"碗？"谭涛不肯信。

"前天的事。"杨红与谭涛并排走，"我使碗栽他，他挑了我一辣耳。"这会儿，她终于大方地揭了帽儿，偏过脸，亮出瘀青。

"抹点麻油，两天就散了。"谭涛没看她，边说边从地上捡了两截烟屁股，装到衣兜头，再猛跨两步，跃到了草垛上。

山脚下传来三声铳响以及水烟师含糊不清的唱词。

谭涛一手逮到桩子，一手伸出去牵杨红，杨红没的力气，几乎是被谭涛生生拖了上去。

"我不想回去了。"杨红拍着身上的谷草。

"不回去，你住哪儿？"

杨红背靠着桩子，没有回答。

谭涛把一枚烟屁股上剩的烟丝接到另一枚上，再往烟纸上舔些口水，将烟丝包裹住。"你就当她是你姐姐。"

杨红撇嘴又骂："个骚鸡婆。"

谭涛点燃烟。"莫唑了，你敲得住你爹，你敲得住你么爸么？"

杨红警惕地盯到谭涛，谭涛小心翼翼地又吸了一口，杨红张嘴又闭嘴，似若把啥子话吞了回去，只细细声反驳道："我么爸跟我无冤无仇。"

谭涛再吸一口，将烟屁股弹了出去，烟子从他鼻子里流出来。"只求你么爸莫晓得我们耍的花招。"他躺到了杨红的脚边，将才的一片乌云散开了，太阳光照下来，他闭上了眼睛。

城隍庙的喧闹声是极遥远的，是另一个世界的，杨红听到的是，谭涛平缓的呼吸，谭涛哼着的一支歌曲，以及谭涛挪移身子时，压得谷草咯吱响。坡下的桑树坪竟变得陌生了，她像个外来者一样注视着它，注视着她日复一日的生活，她抱住膝盖，蜷缩成一团。

昨天夜饭过后，她妈打了一通电话回来，是打到她么爸家里的，她跑过去接时，听筒里只剩忙音。她就坐在电话边等着，她想，兴许她妈知道她爹又要结婚了，兴许还知道要娶的是黄铃铛，她妈打电话来，是要引她走的。过了半个小时，电话又响了，她接起来，听到是她妈的声音，她就掉眼淋子了，但她没有哭出声，她努力地控制呼吸。她妈问她过得好不好？她说跟以前一样。她妈说，年前给她寄了几件衣裳，还汇了一些钱，问她收到没有？她说没有。她妈说，再过几天应该就会收到了，又说，桑树坪应该热和起来了吧，她那边仍在下雪。她想，她妈不过才离开了半年，就好像离开了很久似的，她问她妈不在沙湾么？她妈说不在，没说具体在哪儿，也没说庞老六有没有在侧边。她猜她妈跟庞老六也分开了，她听到听筒里有另一个女人的声音，她妈捂住话筒同那人说了两句，她想，她妈兴许在经营一间铺子，或者用的是公共电话。她妈又拿起话筒，问她这学期的成绩。她不是把成绩说得更好，而是说得更糟，她以为她妈会骂她几句，没有，听筒里又有一个男人的声音。母女俩就这样断断续续地讲了十来分钟。最后，她妈说她买了个BB机，问她手边有没有纸笔，让她记一下号码。她翻了一下，没有找到，就在脑子里记。念完，她妈说，二天有事就拨这个号码，不知何故，又重复了一遍，桑树坪该热和起来了吧，随后挂了电话。从她幺爸家到她家的几步路中，她一直默念着这个号码，进了门，她幺娘也在她家堂屋帮到备东西。她幺娘问，说了些啥子？她晓得，是她爹想问。她说，她妈晓得她爹又结婚了，想回来引她走，她答应再想想。她没等她爹再追问，就回了屋，赶紧找出作业本和笔，将号码写下来，似乎少了一位，划了重写，越写越不像，乌糟糟划了满一页的横杠。那一刻，她才真真意识到，模糊的不只是号码，还有她妈的声音和面孔。她比她爹更早晓得她妈出轨的事，那还是去年二三月间，她提簸箕去倒，发现里头有几枚阿诗玛烟头，往后，再去倒垃圾时，她就留心起来，阿诗玛烟头又出现了几次。某天夜饭时，她当着她爹的面问，白天屋头来过人么？她妈过了好一会儿才回答，先说没有，又改口说，庞老六来过，来推销黄瓤西瓜，她见着稀奇，就要了两袋。她爹说，先前庞老六卖的万根苕，没的一家养活了，这回怕又上了他的当。她妈说，这两袋没有要钱，庞老六说种出来了才给钱。她晓得，她妈在说谎，那两袋种子在杂屋放了有一阵了。后来，她经常耍一个把戏，把作业放在家里，等老师问起时再回去取，那是临近考试的一天，她返回去时，发现门没有锁，却从里头反别了，推不开，她在门口站了一会儿，听到里头在说话，便空手回了学校，她跟老师说，作业没找到，老师就让她请家长。第二天，她妈随她去了学校，沿路都在责备她，待下午放学后，她回到家里，她妈却像啥子也没有发生似的。接着的那个暑假，她站到了她妈的一边，成了她妈的帮凶，尽管自始至终她都没有亲眼见过庞老六，但她在好几个紧要关头，帮她妈打掩护，心照不宣地维护着那桩秘密。那时候，她以为，阿诗玛烟头迟早会消失，她妈无论如何也不会抛弃她。事实并未如她的意，她爹的疑心渐重，她妈却更大胆了，奸情终究还是被发现了，她妈走的时候。她不在屋头，她回去时，她妈留了几件过冬的大衣在衣柜里，她以为，她妈还会回来的。事情从没有如她的意，她再没见过她妈，即便是他们办离婚那天，她妈也没见她一面，只是静默默地取走了那几件大衣。她妈身上的气味在屋子里渐渐消散，她仍在欺骗自己，那只是她爹同她妈的联系断了，她同她妈的联系是血缘上的，是断不了的，她妈不会抛弃她的。这个美好的愿望终结于昨天，终结于那个她如何也想不起的号码，她妈兴许仍未抛弃她，但她已经把她忘了。

总有天，她会把所有人都忘掉的。

杨红不愿意再去想这些糟心的事情了，她伸了伸腿，使自己的脚尖和谭涛的脚尖碰到一起，空气是潮润润的，桑树坪热和起来了，这已经是春天了。

5

去铜茨的路上，熊老六就发觉车子扯了拐，他心想跑完这趟，再开到县城去修理。返来时，桑塔纳走前头，中巴车走后头，中巴车不住地按喇叭，黄铃铛也不住地催促，熊老六没有搭理，仍旧悠到悠到地开，杨旭辉还帮到说："不着急，这条路危险得很。"过了福禄有道下坡路，熊老六密踩刹车不起用，抓了慌，将方向盘一甩，向山崖撞去，车身斜擦过山崖，又拐了向，幸好中巴车司机有经验，一脚油门冲上去，撞到桑塔纳的车头，这才使它稳稳地停住。两车人虽无大碍，可都遭吓得不轻，而且两辆车横在路中央，哪还开得回去，一个二个下了车都是气鼓气胀的，尤其是黄铃铛，脸贴到了前座椅背上，妆也花了，下车一个劲地哭，怨说："请的啥子司机，婚事办成这样，今后的日子咋个过。"熊老六也鬼火冲，顶说："昨天车子还好好的，不晓得哪个的八字不正。"娘家人一听，又起腰杆要开唠。倒是杨旭辉像犯了错一般，两头哈腰道歉。熊老六自知不在理，顺到杨旭辉的台阶下，假装去检查了一阵车，回来说，只能去福禄请摩的了，车费划到他头上。于是，婚车就由桑塔纳和中巴车改成了摩托车队。黄铃铛哪能不赌气？

黄铃铛赌气，又不好明说是啥子缘由，脸色就更难看了，敬酒时，与杨旭辉隔得远远的，两人看起古怪得很。敬到杨旭伦这桌时，杨旭伦的妻子跟她耳语几

180

句，她才强笑起来。杨旭伦像是喝高了，也像是耍宝，鼓到黄铃铛把手头的白开水换成真酒罚三杯。黄铃铛不喝。杨旭伦说："不喝你就喂小叔子一口。"黄铃铛眍起眼睛睐到他。杨旭伦仍嬉笑，"再随你睐我好久，这罚酒你都跑不脱。"黄铃铛将白开水一泼，肚皮刻意一腆，把酒杯递了过去，说："喝就喝，看是你虚么，我虚？"又是杨旭伦的妻子出来解围，扯到杨旭辉的衫袖，喊他去挡酒。杨旭辉拦到黄铃铛的酒杯说："怪我，怪我，丽花吃不得酒，我替她吃。"杨旭伦打量着他，道："你替她吃。"像是在问同桌的人，"可就不止三杯咯？"没的人开腔。杨旭辉接过酒瓶子，咕嘟嘟就朝嘴巴头灌，酒水顺到嘴角流出来，胸口打湿一片。别的弟兄忙起身夺酒瓶，杨旭辉仍紧紧地逮到，杨旭伦鼓掌叫好，他才松手，黄铃铛这下消了气，道了一句："你就只晓得捉弄你哥儿。"那语气古怪得很。杨旭伦还想接一句嘴，遭他妻子使手倒拐抵了一下，光是笑了笑。杨旭辉吃了急酒，一张脸通红，随黄铃铛回去挨到娘家舅家人坐，埋起脑壳只顾刨饭，偶或有一两亲戚过来道别，才站起来闲言几句。杨旭伦那边由他做酒司令，原本还有说有笑，杨旭辉来敬过酒后，没一会儿，他妻子便将他搀扶回去，那一桌剩下的人很快也散了。

敖俊飞见人些走得差不多，找他爹要了两个塑料口袋，趁敖香兰拾捡桌子时，将酒米饭、蛋卷、糖醋排骨一样拿了点，桌上还有小半包烟，也一并收到了裤兜头。敖香兰这时看起已如正常人般，她斥道："要拿你等下再拿，莫等主人家笑话。"敖俊飞掂量了下塑料袋，说："我不跟你们吃。"敖香兰问："你又跑哪儿去狷？"敖俊飞说："回寨子。"敖香兰再喊他时，他已经顺到铜河坎朝坡上走了，他走得很快，又怕塑料袋漏，一手拎着，一手托着，一面走，还一面回头，看敖香兰有没有撵上来。正巧杨旭辉从竹林钻出来，敖俊飞差点撞到了他身上。杨旭辉一声"呔"，把敖俊飞喝住了。杨旭辉两只脚叉得稀开，努力地站稳，像是刚去竹林屙了尿出来。敖俊飞说："旭辉叔，你把我吓安逸了。"杨旭辉大口喘气，兰花指一翘，磕巴地说："你们，才把老子吓……腾了。"兴许是杨旭辉这副样子，兴许是杨旭辉呼出来的刺鼻的气味，令敖俊飞直打呕，他不想再跟他说话，就憋笑着挪步。侧身而过时，杨旭辉问："看到杨……杨红没有？"这次敖俊飞头都没回，说："没有。"走了几步，他不自觉吸足了气，挺起了胸膛。

他们是约在校门口碰面的，敖俊飞没找到人，在那儿睃一阵，听到了杨红与谭涛的说话声，又循着声音在草垛找到了他们。敖俊飞先看到杨红，杨红指着他，谭涛才趁起身，那两人挨得很近，而且只有他们两人。

"飞机，你咋个才来？"谭涛先跳下来。

杨红伸手，谭涛没有理她，她自己趔了下来。

"就你们两个人？"敖俊飞问。

"嗯。"杨红走过来，看敖俊飞都拿了些啥子，撇着嘴说："就这三样？"

"你爹拢共也没点几样菜。"敖俊飞还盯着草垛，他以为曹树成也躲在上头。

杨红从他手里接过塑料袋，盘腿坐下，将塑料袋牵开，搁在面前，边徒手抓坨排骨边说："也没说拿双筷子。"

谭涛坐到了她侧边，似乎知道敖俊飞在想啥子，说："蛇蚤回去了。"

敖俊飞从屁股兜里抽出筷子，递给他们，问道："你们把他喊回去的？"

"他以为我爹滚崖底下了，"杨红说，"跑了。"

"你爹命大。"谭涛嘴里包着酒米饭，含糊地说。

敖俊飞也坐下来，他注视着杨红脸上的瘀青。

杨红发觉他在看她，又把帽子戴了起来。

"你的脸咋个了？"敖俊飞问。

"没咋个。"杨红说。

谭涛笑着说："遭他爹打的。"

"你咋晓得？"敖俊飞问。

"她自己讲的。"谭涛颇得意。

敖俊飞"哦"了一声，挑了块蛋卷，说："将才我从铜河坎上来的时候，遭你爹断到了。"

"你咋个说？"杨红忽然有些紧张。

"他先问我，"敖俊飞本想比兰花指，但手头拿着筷子，便只学着那腔调道，"是……是不是你们几个干的？"

"原话就这样？"杨红问。

"原话就这样。"敖俊飞不慌不忙地咽下蛋卷才接到说："我说，不是我干的，别的我就不晓得了。"

"你个胎神。"谭涛突然盯到他，"你这样讲，等于把我们三个卖了。"

"的确不是我干的。"敖俊飞避开他的眼神，"他又问我，给哪个提的菜？"

"你咋个说？"杨红把筷子插到了酒米饭里头。

"我说，"敖俊飞顿了一下，"喂校门口的狗。"

谭涛一口骨头吐到敖俊飞脸上，骂道："你杂种皮子痒么？"又斜身一脚踩到他肩膀上。

敖俊飞正想翻身起来，谭涛已骑到了他身上，一副要狠揍他的样子，他忙说："我开玩笑的，她爹吃醉了，见到我，啥子都没有问。"

谭涛挥了下拳头，并没有真打上去，见他兜里落出一包烟，捡起来，坐回了原位。

"我幺爸呢？"杨红问。

敖俊飞揉肩膀说："你幺爸只顾到逗黄铃铛。"再拍毛衣上的泥巴，那个胶鞋印子咋个都拍不掉，"涛子，你攒要都使黑心，我才买的衣裳。"

"吹屁牛，去年就见你穿过。"谭涛打开烟盒，数里头有好多支。

敖俊飞一摸裤兜，才发现烟被谭涛夺过去了，说："我数过了，九支，你、我、虼蚤各人三支。"

谭涛抽了一支出来，丢给敖俊飞，伸舌头将剩下的烟嘴都舔了一道。

杨红厌恶地啧嘴。

敖俊飞也学杨红的模样啧嘴，将那支烟夹到了耳朵上。

"以后再有事情，莫喊虼蚤了，那龟儿是个孬种。"谭涛又抽出一支，也夹在耳朵上，再将烟盒装到了兜里。

三人又拿起了筷子。敖俊飞时不时睃杨红一眼，杨红吃东西时，嘴皮闭得紧紧的，只听见牙关咬动的声音，好半天才抿出块骨头，没牙老太婆似的。敖俊飞笑了出来，半是无意，半是刻意。

杨红吮了吮筷子，盯着敖俊飞，也笑了。

天上有群长嘴鸟飞过，这种鸟不是桑树坪的留鸟，只冬季在这里停留，天气暖和了，又飞到别处去了，要明年冬天才能再见到了。

敖俊飞低头再看杨红时，她还在笑，他问："你笑啥子？"

谭涛扯了个嗝顿。

杨红说："你先说你刚才笑啥子？"

谭涛取烟到鼻子下嗅，说："尽是甜的，吃得老子打冷噤。"

"我笑熊猫这趟亏惨了。"敖俊飞胡乱扯了个把子。

"我笑你的脑壳，"杨红笑得呛着了，"跟……跟妈屄的乱鸡窝一样。"

敖俊飞赶忙抓了抓头发。

谭涛点燃了烟，刚点燃，又迅速把烟藏到了身后，说了声："嘿。"

杨红揩了眼淋子，笑容僵住了。

"现在喃？"敖俊飞问，"还乱不乱？"

没的人回答他。

这些爱与怕

金鱼

　　水手陈的妻子病死的次年，他在李码头又遇到了那个女大学生。女大学生央求他，再撑一趟船。他把缆绳绕在桩子上，脱下手套，再将手套插进裤兜，搓净手心的泥。女大学生拘束地站在河岸上，两只脚紧紧地并拢，印花布的裙子齐小腿，裙摆上粘了几粒牛蒡子。水手陈的目光跳过了她的胸部，盯着她嫩酥酥的颈项。女大学生见他没动静，又说："能再撑一趟么？"双唇刚闭，水手陈瞧见了她的嘴，像一对缸子里的红金鱼。水手陈掏出一支叶子烟，裹好烟嘴，划着一根火柴，扯开破旧的衬衣挡住河风，说："收船了。"女大学生说："我回娘家去。"水手陈说："你男人正修着桥，你从桥上走呀。"河心立了几个墩子，水手陈见着那

187

桥墩就来气。女大学生说："和男人刚拌了嘴，莫提他。"女大学生走到桩子边去解缆绳。水手陈在白鹅石上杵灭了烟头，上前捏住她的胳膊说："瞎闹！"女大学生让他给吓蒙了，她护着胳膊往后退。水手陈在她皮肤上留下了油乎乎的指头印，他也吓了一跳，愣在原地。女大学生一扭头跑上了坡，水手陈才回过神，他朝女大学生吼："开船咯。"女大学生只顾着跑，没听到他的话，水手陈叹息着又点着了烟。女大学生有半年没来坐他的船了，他听说女大学生嫁给了路桥队的工程师。往年的暑假，女大学生都赶着最后一班船渡河，有时候就只有他和女大学生两人在船上，他把船撑得又平又稳，女大学生的手伸出船舷，水珠溅到他手上，她握拳笑吟吟地冲水手陈说，她抓了一把浪子。水手陈捡起一块扁石头，拉开弓箭步，手一甩，打了个九响的水漂，石头打到江心才沉下去。他清了清嗓子，吆喝了几声船夫调，钻进船舱前，又瞄了眼那桥墩，听说年前要竣工了，水手陈准备把船打到下游去，打到没桥的地方去。他回到船舱，坐在长条凳上，他在李码头渡了有三十年的船了，李码头原先有六条船，去年就只剩他一条了，好些人渡了河没回去，好些人来来往往青丝渡成了白发。三十年他废了不知多少只篙杆，后来烧柴油，突突突的，水手陈可不喜欢这声音，只要不发大水，他

188

还是用篙杆撑，今年开春后，他发觉越来越累了。他走到船首，再朝坡上望。女大学生问他，能再撑一趟么？他成心要与她赌口气，跟个小姑娘儿赌个啥子气？老脸羞得通红，几个步子跨到了岸上，噜唧唧解下缆绳，跳回甲板，船重重地抖了几下，他从篷上取下篙杆，撑到了急流中，再搬起锚抛下水，等船稳稳地挂住，他在水中又见到女大学生的双唇，那一对金鱼从缸子里蹦到了江水中。他真想把锚拉上来，随波逐流，三十年，三十年只在两个码头间往返，江底多少颗石头他都晓得，把锚拉上来，像一只死蚌流到另一个地方去。路桥队歇工了，水手陈饿着肚皮缩到船尾，手里握着橹，女大学生不是同她男人拌了嘴么，女大学生不是要回娘家去么？你看见我的船没有呀，我把它挂到了江心，你抬眼就能看到，你倒是瞧上一眼哇，你再也见不着了，我要像死蚌一样流到另一个地方去。女大学生没有唤他。他怀念起去世的妻子，他躺上床抱怨身边的这个女人，连被窝都捂不暖了，他压好铺盖，将她揽了过来，他问她，啥时候喊女子回来一趟？轻丝雅静。他用食指去触她的鼻息，这女人落气了，他号到，搁浅咯，搁浅咯，他对着她的嘴吹气。他想，那嘴，那唇，那一对金鱼，啧啧，游进了船舱里。

墙

　　那个冬天太冷了，人们睡觉时也穿着厚袜子，脚趾甲在里面疯长，满大街都响着趾甲刮擦的噪声。泥水匠本来是去镇上找活路，这么冷的天，谁会盖房子呢，他等了整整一天，集市散场的时候，他买了一背篓蔬菜，打算囤到窖里，路上的人不多，和偶遇的熟人寒暄几句后，他便往回赶。他在村口的祠堂见到了一个戴棉帽的男人，这个男人蹲在牌坊下，点了一团火。似乎是个外村人，他没有起疑心，回家才意识到，这个男人前些日子就蹲在那里了，前些日子，这个男人蹲在那里撕书。妻子问他，又没找着活路？他说，恐怕这个冬天都没指望了。他和妻子把蔬菜放进窖里。他们围到炉子边烤火，他萌生了一个怪异的念头，全天下的书都让那个男人烧光了。他一吸气，就嗅到了某人背地里说他的坏话，那个男人不仅烧书，也烧别人嘴里吐出来的话。妻子往炉里添了木炭，他不敢出声，发呆的时候，妻子打开了收音机，收音机里说"寒潮来袭"，他觉得有意思，"来袭"，他上床困觉前反复咂摸这个词。妻子在床上问他："上街碰见谁了，咋一天都不开腔？"他啥都没说。妻子快要睡着的时候，听到他嘟哝了一句："这宅子从祖父那里传下来，它一句话也不肯讲。"妻子没明白他的话。妻子睡着后，宅子有了动静，好几次，他强迫自己入睡，半只脚跨入了梦乡，又被宅子的动静给拽回来。他睡不着，他为那个男人忧心。宅子的动静越来越大，屋顶有一匹马跑过，随后是五六匹，车轱辘滚过，号角奏响，佩刀撞击铠甲。男人平静地蹲在牌坊下烧书，升腾的烟雾成了一张盾牌，兵临城下，那个男人独举盾牌抵挡千军万马。他羡慕那个男人，而他一辈子只配为生计操劳。他恶狠狠地踹了妻子一脚。妻子打着哈欠醒来，问他有没有听到雷声。妻子睡得像死猪一样，他想，腊月间咋会打雷。可是他分明也听到了雷声，车轱辘滚过屋顶的时候，打雷了。他问妻子，家里有没有东西可以烧的？他下床翻找可以点燃的东西。妻子紧紧地捂着踏花被，生怕他拿去烧了。他被冻得瑟瑟发抖，缩回床上。妻子问他，是不是把脑袋摔坏了。妻子的话提醒了他，入冬前，他们要盖一间偏房，上瓦时，他一跟斗跌了下来，偏房没有盖成，剩下的砖瓦还堆在那里。他要去垒墙，他告诉妻子。尽管妻子觉得荒唐，但一个泥水匠要垒墙，也算是件正经事，她劝他待天亮后再开工，他已经走了出去。一开门，寒风如刺刀扎进他的胸膛，一刻都不能等了，他艰难地上了围墙，像是戴了手铐脚镣，他说，狗日的叛军起义了。妻子点亮了宅子里的灯，替他拿了件衣裳套在身上，这对夫妻就忙开了，她汲水和泥，他砌砖。妻子没有问他要垒到什么时候，他站得越来越高，妻子得把泥桶举过头顶才能递给他。那间盖了一半的偏房也被拆了，他从上面吊下一根绳子，妻子将抹好的砖系在绳上，再拉上去。他也快成为英雄了，他忘记了那个烧书的男人，沉浸在行将就义的快感中。第二天，村庄多出了一堵歪斜的围墙，他站在围墙上不知道该怎么下来，妻子借来最长的木梯，也只能搭到围墙的一半。

π

王树躲到了中药房二楼的仓库里，他掀开一个空箩筐，把自己扣到了里面，他在箩筐的缝隙中紧紧地盯着仓库的大门。今年有两个立春，一个在岁初，一个在岁末，这一天是大年初五，第一个立春，蓝胡子伸长了腿和胳膊，让阳光钻进他的裤腿和袖口。白花花的床单也被挂了出来，床单像是专门为何小伟与王树的行动准备的，他俩被蓝胡子发现后，贴着床单跑到了中药房。蓝胡子见到两双球鞋在床单下飞奔，一下子从藤椅上蹦了起来，一边跺脚，一边咳嗽，蓝胡子一年四季都在咳。王树闻到春风里有一股血腥味，躲到箩筐里他才想到，一定是病人留在床单上的气味。何小伟藏到了一口废弃的水缸里，王树听到他每一次呼吸都会引起水缸的共鸣，蓝胡子也许会循着共鸣声找上来，他们的行动真不应该选在这一天。这一天，护士长交代蓝胡子，看好几个宿舍楼的孩子，不能让他们溜到住院部，更不能让他们进到公厕。蓝胡子坐在酸枣树下，他听说逮到了个七个月的女人，整个住院部都闹炸了，蓝胡子一晚没睡好觉，幸好这天上午放晴了，他瞧着白花花的床单，渐渐闭上了眼。他打盹的时候，何小伟和王树正把药方子往书包里塞，王树说，他听到一个女人的哭声，何小伟不顾王树的提醒，书包被他塞得鼓鼓的。王树探着步子走到楼道，那个女人还在哭，住院部像是打了起来，拳头捶到了墙上，王树喊，快跑。蓝胡子听说，女人失踪了四个月，他们在女人的家门口蹲守，昨天晚上，女人回去取衣裳，她刚走到门口就被抓住了，一只手掐住她的脖子，一只胳膊抵住她的后背，蓝胡子还真想看看女人长得是啥样子。蓝胡子从藤椅上立起来，他们拎着口袋从住院部走来，他知道袋子里装的是什么，他别开脑袋不去瞧，护士长走在前面，引他们往公厕的方向去，蓝胡子在想，那两双球鞋跑到哪儿去了，他认得其中一双，就是护士长的儿子。王树在前一天下午从他母亲的钥匙串上取走了这把钥匙，他和何小伟早就觊觎着那些药方子，他们连废品站都找好了，不过，真不应该在这一天行动。蓝胡子假装睡着，护士长朝他走过来，问他粪勺搁在哪儿。蓝胡子说，找粪勺做啥？护士长说，臭东西还在扭动。蓝胡子默念了句，阿弥陀佛。王树把书包从肩上放了下来，他想，要是被母亲捉住了，非打死他不可，何小伟说她和万大夫好上了，王树懒得过问，但母亲的确好几晚没在家睡觉了，她昨天夜里出门前警告王树，不许到处乱跑，否则拿针扎他。王树有些害怕了，他这一上午恐怕都得在箩筐里度过了。他们走出了公厕，护士长将粪勺放回了原位，看来是处理完了，蓝胡子的身体抽了一下，他憋着一股气，猛拍胸口，如果再无休止地咳起嗽来，一准会撒到裤裆里。他们回到了住院部，蓝胡子说，一上午尽遇到些不干净的事，他还没走进公厕就解开了拉链。王树想，早知道他一趟子往外跑，蓝胡子根本没撵上来，仓库的大门敞着，鬼花花都没有。水缸仍在嗡嗡响，王树又听到了哭声，他竖起耳朵去捕捉这阵哭声从哪儿传来。蓝胡子闭着眼撒完尿，护士长说，臭东西还在扭动，他想，要是撒到了他头上，可造孽了，阿弥陀佛，他虚着眼去瞄，什么也没看到，长吁一口气，他拉上了拉链，有双手在推着他，从第一个茅坑推到了最后一个茅坑，什么也没看到。从公厕出来，蓝胡子感到从未有过的顺畅，他大口大口地吸进春风。王树学了两声狗叫，这是他与何小伟的暗号，那边没有回应，他顶着箩筐走到门口，确定没有人后，他将箩筐放到一旁，大摇大摆地走出，沿着走廊往楼梯转角处的水缸去，他想，母亲这会儿在做什么呢？他仿佛看到她正在推一支注射器，然后又是那阵哭声与水缸的嗡嗡响，注射器、哭声、水缸，王树费力地思考这三者的关系，就像他曾费力地计算圆周直径比。当他来到那口废弃的水缸前，是否会有人告诉他，它们都是这个世界的阴谋？

魂

　　大川怎么也想不到，会在这个早晨与逝世六十年的奶奶在同一张餐桌上进餐。他去地里拔了几窝青菜，回来看到一位老朽站在门前，老朽问："还住这里？"大川让她给问诧了，他说："住几十年了。"老朽说："让我到屋里坐坐。"大川走近她，她颤颤巍巍倚着门框，就像一幅年画贴在那里。大川请她进屋，说："这里好久没有访客了。"大川洗净青菜倾进锅里，点燃灶火，他问老朽从哪儿来。老朽似乎没听清大川的话，她沿着墙走进堆放农具的偏房。大川侧过头，不见人影，老朽从偏房里慢悠悠挪了出来，她说："连枷使了好些年份了。"大川把青菜汤舀起来，端了一碗陈饭扣进锅里，说："修补过几回，用顺手了，舍不得丢。"老朽咳了几声说："风车倒是新置的。"大川想，或许连枷真该扔了。老朽坐到了太师椅上，她的脚刚好触着地。锅里的碗当当响，大川撤了柴火，从碗柜里取出两只碗，盛上饭，他问老朽："您是哪家的亲戚吧？"老朽根本没理他的问话，说："那些人家搬哪儿去了？"大川说："躲麻风。"大川本想用这句话吓唬一下老朽，皱纹将她的脸切成了几小块。大川说："死了几个人，他们就不敢住了。"大川想到，老朽没牙，于是用青菜汤拌了一碗米饭递给老朽，说："将就吃，好久没人来了。"老朽问他："你咋没害麻风病？"大川说："留我一人，比死了还难受，天天和那几座没人认的坟讲话。"老朽说："你女人呢？"大川说："哪有女人肯嫁给我。"老朽放下筷子，不说话了。大川心想，我没女人，你生个啥子气。他说："跟那几座坟讲话，讲出感情了，早上醒来第一件事就和他们说说我的梦，记不住我就编，编个女人出来，编一串子孙，刚开始是我自己讲，后来就听到他们在笑，再后来也听到了他们的话。"老朽坐直了身子问:"他们说些啥?"大川说:"和世上的生活一模儿样,我问他们,啥时候能带我下去也走一遭。"老朽训道:"迟早的事。"大川说:"也有说腻的时候,我还想瞧瞧他们是啥样儿。"老朽板起了脸,大川赶紧解释:"扒坟的事儿我可不做,我在那坟上垒了个人脑壳,还给他们起了名字,有甘草、枸杞、三七、蒲公英,都是我爷爷教的,他是这里的太医。"老朽说:"太医咋没能治好他女人的病?"大川心里一震,说:"莫乱讲,爷爷先奶奶走。"老朽闭着嘴咀嚼食物,五官都拧到了一起。大川想,怎么会跟一个陌生人说这些话。老朽咽下那口饭,说:"太医让人烧死的。"大川说:"你咋晓得?"老朽说:"他把她关到了这间屋。"老朽指着堆放农具的偏房道:"太医让她别出声儿,她的面皮好像有连枷在拍打,族里老人讲过这种病,得活活烧死,她听太医的,晚上忍不住,就咬着棉花。太医出去采药,回来替她熬好,从窗口递进去。谁也不晓得太医的女人上哪儿去了,太医告诉他们,回娘家了。他只在人们睡着的时候,才去和她说话。他说,骨头沉么?她说,沉。他说,起来走动走动。她说,她想见孙娃。他说,孙娃会喊娘了。她想起儿子喊娘的样子。白日里,她听到儿媳在晒坝里哄孙娃,她把窗户拉开一丝缝,悄默默地看那

197

一对母子，有一次被儿媳发现，她抱着孙娃躲回了堂屋。那天，太医早早地隔着门骂她，莫把病染给了孙娃。她哭了。太医说，孙娃会叫爹了。她哭得更凶，她想，恐怕孙娃一辈子都喊不来奶奶。"大川像在听着别人的故事，他问："太医咋会让人给烧死了？"老朽说："我下不了床了，我跟他说，起码让我瞧他一眼，我怕走黄泉路，连个念想的人都没有，他没有出声，隔了一宿，他开了锁，走进了屋子，我要坐起来，我想借着月儿光，记住他的脸，可是一点力气都没有，我只能听着他喘气，坐了一会儿，他出去了，一句话也没讲。我心里踏实了，一辈子都给了他。"老朽搁下碗筷，靠到椅背上，大川觉得，那张椅子就是为她打的，她接着说："我哪晓得能活那么久。太医又来过几次，之后，再也没听到他的声音。直到一群人拥进我们的屋子，我睡在床上，什么也见不到，但又像是什么都见到了，他们捂着鼻子和嘴，把他绑起来，押到草垛里，临死他都没叫我一声，人们也忘记了我这个女人，那团火在我的床下燃烧。过了不几日，我也去了。儿子和儿媳用草席将我裹起来，我想看孙娃一眼，又怕吓着他，他们找来外村的人，抬着我走了好远。"老朽说："我还是找回来了。"

罪

老水牛又躺到了地上，它也想眯会儿。吕广全正好路过牛栏，他抄起一根树条，抽打了下地面，那老水牛吭哧一声，又立了起来。吕广全扔掉树条，往泥溪河的滩上去，他远远地看到双喜坐在树下，那棵树长在浅水里，双喜赤着半截身子在那儿纳凉。吕广全走过去，双喜被闹醒了，不情愿地让了个位置。吕广全说："热得心慌。"双喜迷瞪瞪点着脑壳。一只白鹤栽到水面，叼了一根水草，扑棱棱飞到对岸。吕广全脱了草鞋，踏在鹅卵石上，流水覆过脚背，他瞥了眼双喜长着癞子的头，双喜也有七十好几了，两个老者坐到一堆，必然要摆扯往事。吕广全找了个话头："听说翻身台拆咯，要建学堂。"双喜不想说话，"嗯"了一声。吕广全说："青尻子些没见过当年的场面，翻身台斗臭老九，数你最威风。"双喜拿话堵他："三十年河东，三十年河西，哪能想郭秉文还有今天？"吕广全说："你拿铁钎戳臭老九，眼睛都没眨一下，插进去抽出来，肠儿肚子往外翻。"双喜说："郭秉文被捆在祠堂口的桩子上，你让郭秉文绕着转，我还以为他活不久了。"吕广全说："臭老九扑倒在地，你的肩膀不停地抖。"双喜说："五黄六月，他像牛儿犁地一样，跑慢了就挨你一鞭子。"吕广全说："都在看到你，你多半是吓蒙了，你问，死了？"双喜说："福泽家的女人挎篮子上山采茶，走过祠堂，给你打个暗号，你就随她采茶去了。"吕广全说："有人啧嘴，你就慌了，臭老九的娘跪在侧边，你狗日的真机灵。"双喜说："你和福泽家的女人躺在茶山上快活，让人瞄见了，那人下山给福泽报信，福泽拿起斧头要来砍你。"吕广全说："你揪到臭老九的娘跪到了台中央，横一棒竖一棒，都给镇住了。"双喜说："你见福泽冲上来，丢下女人就跑，那女人还光起屁股嘞。"吕广全说："你问臭老九的娘，打得好不好？她说，好。你问臭老九的娘，臭老九该不该死？她不答，你又是一棒。台下也问，该不该死？"双喜说："你跑到洞头、坑头、山沟头，躲到太阳落山才回去，沿路走，沿路打听福泽的消息。"吕广全说："你扯到她的头发，要她大点声，儿的血流到她的膝下，红灿灿的，扎眼。该不该死？她说，该。她说，臭老九该死。"双喜说："福泽揍了他女人一顿，你敲开福泽的门，福泽又去找斧头。你说，老子一个村长，日你女人咋个了，是不是要把事闹大。福泽不吭声，事情摆平了。你没去祠堂，你把牛一样的郭秉文给忘了。"吕广全说："臭老九的娘做梦都在喊，打倒臭老九。"双喜回敬了一句："哪能想郭秉文还有今天？"说完，两人

200

都笑了，他们不晓得为啥子要笑，或许某一刻他们在忏悔：双喜回想起铁钎插入臭老九肚皮时，吕广全就在他身后，吕广全会把这一幕带到棺材里；吕广全想到的是那头老水牛，他准备牵它到集市上，以最便宜的价格迅速卖掉。白鹤飞到了五步远的泥沙上，两个老者被白鹤吸引住了，因为它正一步步向他们靠近。

棺材

生意好的时候，王芳一天要接六回客，老鸨还替她挡贩夫走卒。后来，她害了一场病，再回来时，赶上警察严打，他们改成上门服务。王芳就是那时跟一个丧妻的中年男人好上的，她跟那个男人上了几次床后，男人想娶她，正好生意不景气，她就搬了过去，只当是找了个临时的落脚处。一个月后，中年男人提出要和王芳去登记，她说再缓缓。第二天，他叫来一帮朋友，拿出戒指正式向她求婚，他们从中午喝到下午，有一会儿，她感到不适，她走到门外，抽了支烟，她想就此离开，但抽完烟，还是又进去了。她悄悄到卧室把衣裳收拾进行李箱，中年男人忽然推开门，从后面抱住了她，接着，所有人都拥了进来。中年男人喝高了，站在床上跳舞，有人放起了音乐，音乐很欢快，所有人都跳了起来，乐声如病毒般腐蚀着她。当她起身，又一次想要去拿行李箱时，中年男人一把将她摔到床上，当着他朋友的面摸遍了她全身。王芳离开那个中年男人后，到纺织厂干到了年底，春节前又回了按摩店，从大年初一到元宵节，她一直待在店里，只接了三个客人，她总是把灯光调到最暗，避免顾客看到她身上的红疹，也避免看清他们的模样，每次高潮过后，她都会失去一阵知觉，然后看到嫖客抄起榔头砸碎她的肉体。元宵节的下午，王芳穿了一条黑色的裤袜，像往常一样坐在取暖器前，由于贴得很近，能够闻到一股化纤燃烧的气味，为了让过往的男人瞧见她，她把玻璃门推开一半，她仍然不善于主动勾搭他们。一个留着唇须的男人在店门前徘徊了四五趟，终于走了进来。王芳引他到小隔间，替他脱掉了牛仔服和牛仔裤，他很瘦，臂膀有个文身。送走客人，王芳关上门，侧身躺到床上，很快入了梦。冬天已经过去了，她仍没有攒下多少积蓄，恍惚间，似乎下一个冬天很快就到来了，那个八字胡男孩走进了她的梦里，他长结实了，看上去那么健康。她惊醒了，她把自己裹进被子，蒙着脑袋，像在娘胎里一样，缩成一团，空气渐渐稀薄，她看到了死亡，看到一出出的葬礼和一字排开的棺材。

女编辑

　　她递交上去的书稿，一部又一部被退回来，这次最为糟糕，审稿意见只有四个字：不予通过。在她手里出版的上一本书是一本科幻小说，那是两年前的事了，这两年她跟过五位作者，三位历史学者，两位小说家。三位历史学者研究的分别是四川白莲教兴起与乾隆时期移民之关系、解放前康区土司制度及民族区域自治的合理性、哥老会与民国政府的合作和对抗。最后一个选题差一点就通过了，她和作者沟通了半年，希望他能够删掉当中的某些段落，措辞不妥之处加以修改，但作者固执己见，又发来一封邮件将她训了一通。两位小说家，一位是她的情人，他们相识于十年前的笔会，笔会在河南洛阳举办，他陪她游览龙门石窟，令她挥之不去的印象是，伊水河畔，他细述魏晋至南宋佛龛的演变，他如同卢舍那佛侧旁的胁侍菩萨，时间跪拜在他膝下，那时他仅是个二十出头的无名小卒。笔会结束后，她向他邀稿，他发来一篇南逃父子迷失在异乡的故事，她喜欢这个故事，却开玩笑地责备他，太淘气了。他们的第二次相遇是在云南大理，一帮二流诗人撮合的诗会。那天晚上下起了雨，他赖在她的房间不走，他们上了床，她以为他不会联络她了，两周后，她所在的杂志社收到了一封来稿，落款是他的名字。她与另一位小说家素未谋面，这位小说家在两年间给过她三本书稿，第一本是小说集，第二本是长达六十万字的家族小说，他来信说是多年前写成的，已经流转过几家出版社了，第三本由一位小姑娘亲自送到出版社来，小姑娘自称受作家所托。姑娘走后，她立即翻开手稿，作家的字迹很潦草，章节顺序被打乱，她彻夜阅读了这部小说，第二天刚一上班，便送给总编审阅。她退出总编办公室后，到门外抽了一根烟。有一会儿，她眼前一片漆黑，让她回过神来的依旧是伊水河畔的少年，于是她拨了情人的电话，那头没接。她走到咖啡馆，要了一杯咖啡和一份点心，又拨了一遍电话，仍是忙音。她从挎包里找出情人出的唯一一本书，这是诗歌、散文和小说的合集，她随意翻出一篇，小说写一个女人幻想被丈夫奸杀，附了一则创作谈。小说和创作谈都很幼稚且自大。他说，一个男人写女人，倘若还能写出点儿意思，只有两种可能——偷窥狂或天才。他引用了兰波的一句诗：她似乎看出你太过天真，便甩开小皮靴踢踢踏踏地飞奔，蓦然回身，潇洒地做了个警告动作——你唇上的咏叹调顿时滑落。他说，那女人是谁呢？是的，你一定是见过她的，否则怎能读到此处暗暗折下个印子。服务生问她，咖啡需要加热吗？她付账离开，回到出版社，总编办公室的门紧闭，她靠在桌上补了一觉，醒来已是日落时分。那本小说又被退回来，审稿意见只有四个字：不予通过。出版社只剩她自己，她试着哭了出来，最后成了放声大哭。

失忆

他用完整的语句描述的最后一段记忆，是正午去拜访青朴沟苦修的僧尼。那天是藏历五月十三日，桑耶寺举行"朵得却巴"，号角长鸣，僧侣与信徒戴着面具跳神祈福。他们一行三人，另外两人是文学编辑和电影导演，在他失忆后，导演说："我在乌策大殿遇到一位临摹佛像的老友，他们趁着我们叙旧的时间去了青朴沟修行洞。"文学编辑说："从桑耶镇到青朴沟有班车，我们错过了一趟，步行二十分钟后，遇上一位喇嘛，他背一个背袋，拿着莲花生像，站在路旁。"他说："我向喇嘛比画手势，问他是否需要帮助，他用磕磕巴巴的汉语告诉我，走不动了。"文学编辑说："他让喇嘛把背袋交给他，喇嘛伸出手时，我看到喇嘛断了一根指头。"他说："我跟在喇嘛后面，喇嘛说，他叫赞波。班车驶来，我们上了班车，赞波师傅与我坐在一起，他与一位藏人用藏语交流。"文学编辑说："班车只能驶到山脚，其余的路程全是山路，太阳正当头，喇嘛与他在一块岩石上歇息，喇嘛拿出药丸说，他下山拿的药，问我，知道是治什么的吗？我想他患的是肺气肿。"他说："我问赞波师傅，在青朴沟修行多久了？赞波师傅说，三个月，然后他又说，二十年。"文学编辑说："喇嘛介绍，莲花生曾在此修行，我们经过莲花生的头印和手印，随行的藏人在树枝上挂了经幡。"他说："赞波师傅原本是康定人，母亲辞世后，他化缘来到青朴沟。传说此处有一百零八个修行洞、一百零八座天葬台和一百零八处泉水。我们进了一座阿尼庙，门口有几个阿尼在嬉戏。"文学编辑说："阿尼向喇嘛合掌行礼，喇嘛从背袋中取出几捆蔬菜，放在阿尼庙内。我问其中一个阿尼，为什么出家？阿尼听不懂我的话，她冲我笑。"他说："快到山顶时，我们看到了山下的雅鲁藏布江，再往上走，僧侣越来越多，他们披一件单薄的僧服，有的在诵经，有的在打水。到了赞波师傅的修行洞，一位年纪与他相仿的阿尼迎出来，他们的脸贴在一起，就像一对久别的夫妻。"文学编辑说："我在修行洞外等他们，喇嘛和他离开的背影让我产生一种错觉，以为他们是一对父子。"

他说："修行洞的洞壁摆着酥油灯，赞波师傅睡在石床上，石床前有一张佛台，上面垒着经文，他咳了几声，对我说，也许这是他最后一次下山。"文学编辑说："下山时，他说的一句话让我很震惊，他说，假如他迷失在这里，不出三年，他在世上存在的记号就会被抹净。"他的记忆终于此。他们一行三人结束西藏之旅后，电影导演回到北京，他与文学编辑回到四川。他的父母听到他复述了上百遍有关喇嘛的记忆后，送他到了医院，医生无奈地告知他的父母，他失忆了。在一位藏语翻译的随同下，文学编辑和电影导演又去了一次青朴沟，藏语翻译转述阿尼的话，从来没有听过一位名叫赞波的喇嘛在此修行。

弑父

那天风很大，小戈乌和一帮牧民在草场消磨时间，他们比赛谁甩的鞭子又响又狠，小戈乌将酥油抹在鞭子上，用力地一抖，鞭子在空中划出一道弧线，然后他就看到了一匹马和马背上搭着的女人，那女人手脚都缠着珠宝，小戈乌和牧民把她抬回了帐房。老民说，这女人是上卡昂的女人，让人掳走，准是要还回去，马迷了路。女人饮了草药，苏醒过来。帐门被掀开，进来的是老戈乌，他问，在哪里瞧见这女人的？小戈乌说，草场上捡来的，草场里只有风不属于牧人。老戈乌没说话。小戈乌为女人扎了一间帐房，那女人盯着小戈乌时，眼珠子转也不转，帐房扎好后，女人走过来，掏出一把银刀送他。他问她叫什么名字，她说她叫拉珍，是加仓措红的女儿。几天后，刘文辉的部队夜袭了阿什姜本的一个牧团，他们劫走了牦牛和珍稀药材，还将牧民的尸体倒悬起来侮辱。红保召集部落年轻力壮者进行回击，小戈乌替老戈乌出征。一个月后，小戈乌和几个涣散的逃兵归来，他们组成的骑兵团被刘文辉的枪炮击溃了。老戈乌向小戈乌打听关内战事，小戈乌比画着刘文辉部队使用的武器，他们的子弹比苍鹰还迅猛，她进来掺茶，老戈乌说，这是你拉珍阿妈。小戈乌退出帐房，像饿狼一样哭泣。老戈乌下令，牧团往西撤，老戈乌领头，老民尾随其后，然后是拉着重物的牧民和牛群，小戈乌的战马驮着他和拉珍掉到了最后。小戈乌问，你还记得回去的路么？拉珍说，记不得了。小戈乌说，我放你走吧。拉珍说，不走了。小戈乌说，你的刀救了我一命。拉珍说，你得把它磨得再锋利些。披星戴月地赶了数日后，他们到了阿尼玛卿山附近，赶走玛沁的几户散民，在此扎寨。那几户逃走的散民投靠了墨颡土官，墨颡土官数次派人来侵扰，均被小戈乌组织的骑兵击退。为了奖赏小戈乌的勇猛，老戈乌决定死后由小戈乌承袭隆保之位，并答应小戈乌提出的任何请求。几杯马奶酒下肚，小戈乌不住地夸赞拉珍的善良和美丽，老戈乌觉察出了什么，唤拉珍进来。小戈乌的手伸进袍子，摸着刀子说，只求风调雨顺，小戈乌要出去，老戈乌叫住他，然后脱掉裤子，把拉珍压在床上，小戈乌看到他像雪崩一样摧毁她的身体。那天夜里，牧民们听到了拉珍的哭声和马的嘶叫。游唱艺人说，世间所有的战争都可归咎于男女之事。一年后，小戈乌领着五十位墨颡壮士直捣阿尼玛卿山脚的牧团，他们割下了负隅顽抗者的头颅，最后由小戈乌用一把银刀结果了老戈乌和拉珍的性命。